LA EXTRAÑA DESAPARICIÓN DE ESME LENNOX

Sobre la autora

Maggie O'Farrell nació en Irlanda del Norte en 1972 y creció en Gales y Escocia. Tras el éxito de su galardonada primera novela, *After You'd Gone*, abandonó su carrera de periodista para dedicarse a la escritura. A su primer libro seguirían: *My Lover's Lover* (2002), *The Distance Between Us* (2004, nominada al Somerset Maugham Award), *La extraña desaparición de Esme Lennox* (2007, Mejor Libro del Año según *The Washington Post*), *La primera mano que sostuvo la mía* (2010, Premio Costa), *Instrucciones para una ola de calor* (2013, Premio Costa), *Tiene que ser aquí* (2016, Premio Costa) y *Hamnet* (2021), que fue galardonada con el Women's Prize for Fiction y el National Book Critics Circle Award, y la consagró como una de las autoras más importantes de su generación.

Títulos publicados

La extraña desaparición de Esme Lennox
Instrucciones para una ola de calor

MAGGIE O'FARRELL

LA EXTRAÑA DESAPARICIÓN DE ESME LENNOX

Traducción del inglés de
Sonia Tapia Sánchez

Papel certificado por el Forest Stewardship Council®

MIXTO
Papel procedente de
fuentes responsables
FSC® C117695

Penguin
Random House
Grupo Editorial

Título original: *The Vanishing Act of Esme Lennox*
Primera edición con esta presentación: junio de 2022

© 2006, Maggie O'Farrell
© 2009, 2013, Penguin Random House Grupo Editorial, S.A.U.
Travessera de Gràcia, 47-49. 08021 Barcelona
© 2013, Sonia Tapia Sánchez, por la traducción
Diseño de la cubierta: Penguin Random House Grupo Editorial
basado en el diseño original de Hachette UK
Imagen de la cubierta: © Getty Images

Printed in Spain – Impreso en España

ISBN: 978-84-18173-08-0
Depósito legal: B-7.655-2022

Impreso en Rodesa
Villatuerta (Navarra)

SB 7 3 0 8 A

LA EXTRAÑA DESAPARICIÓN DE ESME LENNOX

para Saul Seamus

Mucha locura es divina cordura
para una mirada sagaz.
Mucha cordura, la más rematada locura.
En esto, como en todo,
prevalece la mayoría.
Asiente, y te considerarán cuerdo.
Disiente, y de inmediato serás peligroso
y atado con cadenas.

EMILY DICKINSON

Yo no podría ser feliz a costa de una
injusticia cometida contra otra persona.
¿Qué clase de vida cabría edificar sobre
tales cimientos?

EDITH WHARTON

Todo empieza con dos chicas en un baile.

Están a un lado de la sala, una de ellas sentada en una silla, abriendo y cerrando el carnet de baile con los dedos enguantados; la otra de pie, contemplando el desarrollo de la danza: las parejas que dan vueltas, las manos agarradas, el taconeo de los zapatos, las faldas al vuelo, la vibración del suelo. Es la última hora del año y la noche tiñe de negro las ventanas. La chica sentada va vestida de un tono pálido, Esme no recuerda cuál; la otra lleva un vestido rojo oscuro que no la favorece. Ha perdido los guantes. Aquí comienza.

O tal vez no. Tal vez empieza con anterioridad: antes de la fiesta, antes de que se pongan los vestidos nuevos, antes de que se enciendan las velas, antes de que se eche arena en el suelo, antes incluso de que comience el año cuyo final celebran. Quién sabe. En cualquier caso, termina en una rejilla que cubre una ventana formando cuadrados que miden exactamente dos pulgares de anchura.

Cuando Esme intenta mirar a lo lejos, es decir, más allá de la reja, descubre que los cuadrados del enrejado se difuminan enseguida y, si se concentra lo suficiente, acaban desvaneciéndose. Antes de que su cuerpo se reafirme, ajustando la mirada a la realidad del mundo, siempre hay un momento en el que sólo existen ella y los árboles, el camino, el más allá. Nada más.

La pintura de la parte inferior se ha desgastado y en los cuadrados se aprecian distintas capas de color, como los anillos de un árbol. Esme es más alta que la mayoría, de manera que alcanza la parte en que la pintura es nueva y densa como el alquitrán.

Detrás de ella una mujer prepara té para su marido muerto. ¿Está muerto o sólo la ha abandonado? Esme no se acuerda. Otra mujer busca agua para regar las flores que se agostaron hace mucho en un pueblo costero no lejos de allí. Indefectiblemente, son las tareas sin sentido las que perduran: lavar, cocinar, ordenar, limpiar. Nunca nada majestuoso o significativo, sólo los rituales insignificantes que forman la urdimbre de la vida humana. La chica obsesionada con el tabaco ya tiene dos avisos y todo el mundo piensa que está a punto de recibir el tercero. Y Esme piensa: ¿Dónde empieza todo? ¿Allí, aquí, en el baile, en la India, antes?

Últimamente no habla con nadie. Quiere concentrarse, no le gusta enturbiar las cosas con la distracción de las palabras. En su cabeza gira un zoótropo y le molesta que la sorprendan cuando se detiene.

Zumba. Zumba. Para.

En la India, pues. El jardín. Ella misma, con cuatro años, en el escalón trasero.

Sobre su cabeza las mimosas sacuden sus flores, esparciendo polvo amarillo sobre el césped. Si caminara por él, dejaría un rastro. Esme quiere algo. Quiere algo, pero no sabe qué. Es como si le picara una parte del cuerpo y no atinara a rascarse. ¿Una bebida? ¿Su *ayah*? ¿Un trozo de mango? Se frota una picadura de insecto en el brazo y remueve el polvo amarillo con el pie descalzo. A lo lejos oye a su hermana que salta a la comba, un chasquido en el suelo y el corto

14

golpe de los pies. Golpe chasquido golpe chasquido golpe chasquido.

Vuelve la cabeza, buscando otros ruidos. El *brrr-clop-brrr* de un pájaro en las ramas de la mimosa, una azada en el jardín —*raac raac*—, y en alguna parte la voz de su madre. No distingue las palabras, pero sabe que es ella.

Esme baja del escalón de un salto, de manera que los dos pies aterrizan juntos, y echa a correr por el costado del bungaló. Encuentra a su madre junto al estanque de los lirios, inclinada sobre la mesa del jardín mientras sirve té en una taza; su padre está cerca, en una hamaca. El perfil de su ropa blanca oscila con el calor. Esme entorna los ojos y sus padres se desdibujan hasta formar dos siluetas brumosas: ella, un triángulo; él, una línea.

Va contando mientras camina, dando un saltito cada diez pasos.

—Ah. —La madre alza la vista—. ¿No estabas durmiendo la siesta?

—Me he despertado. —Esme hace equilibrios sobre una pierna, como los pájaros que acuden de noche al estanque.

—¿Dónde está tu *ayah*? ¿Dónde está Jamila?

—No lo sé. ¿Puedo tomar té?

Su madre vacila mientras extiende una servilleta sobre su regazo.

—Cariño, creo que…

—Dale un poco si quiere. —El padre habla sin abrir los ojos.

La madre vierte té en un platillo y se lo ofrece. Esme pasa bajo el brazo extendido y sube a su regazo. Nota el tacto áspero del encaje, el calor de un cuerpo bajo el algodón blanco.

—Tú eras un triángulo y padre una línea.

La mujer se mueve en el asiento.

—¿Cómo?

—Que eras un triángulo…

—Mmm. —La madre le agarra los brazos—. Hoy hace demasiado calor para mimos. —La deja de nuevo en el suelo—. ¿Por qué no vas a buscar a Kitty? A ver qué hace.

—Está saltando a la comba.

—¿Y no puedes jugar con ella?

—No. —La niña tiende la mano para tocar el glaseado de un bollo—. Es demasiado…

—Esme. —Le retira la mano de la mesa—. Una señorita debe esperar a que la inviten.

—Sólo quería tocarlo.

—Pues, por favor, no toques. —La madre se reclina en la silla y cierra los ojos.

Esme se queda mirándola un momento. ¿Está dormida? Una vena azul le palpita en el cuello y los ojos se mueven bajo los párpados. En el labio superior se han formado unas gotas diminutas, no más grandes que la cabeza de un alfiler. En sus pies, allí donde terminan las tiras de los zapatos y empieza la piel, han aflorado manchas rojas. Tiene el estómago hinchado, abombado con otro bebé. Esme lo ha notado en el interior, agitándose como un pez atrapado. Jamila cree que éste tiene suerte, que éste vivirá.

La niña contempla el cielo, las moscas que vuelan en torno a los lirios del estanque y la ropa de su padre, que sobresale bajo la hamaca. A lo lejos todavía se oye a Kitty saltar a la comba, el *raac raac* de la azada, ¿o es otra cosa? Luego capta el zumbido de un insecto. Mueve la cabeza, pero el bicho se ha ido, detrás de ella, a su izquierda. Se vuelve de nuevo y el insecto está más cerca, el zumbido es más intenso; Esme nota sus patas en el pelo.

Se levanta de un brinco, agitándose, pero el zumbido es cada vez más insistente y de pronto la niña nota el batir de unas alas en la oreja. Da un chillido y manotea en torno a su cabeza, pero el zumbido es ahora ensordecedor y bloquea cualquier otro sonido. El insecto se está abriendo paso por el estrecho pasaje del oído. ¿Qué pasará? ¿Se comerá el tímpano y entrará en el cerebro y se quedará ella sorda como la niña del libro de Kitty? ¿Se morirá? ¿O vivirá el bicho en su cabeza y se le quedará dentro ese ruido para siempre?

Esme lanza otro penetrante chillido sin dejar de sacudir la cabeza, tambaleándose; el chillido deviene en sollozos y, justo cuando el zumbido comienza a alejarse y el insecto le sale de la oreja, oye que su padre dice: Pero ¿qué le pasa a esta niña?, y su madre llama a Jamila.

¿Será éste su primer recuerdo? Tal vez. Una especie de comienzo. El único que conserva.

O también podría ser la vez que Jamila le pintó un encaje de henna en la palma de la mano. Esme miró la línea de la vida, la línea del corazón interrumpida por un nuevo dibujo. O acaso cuando Kitty se cayó al estanque y tuvieron que rescatarla y llevarla a casa envuelta en una toalla. Cuando jugaba a la taba con los hijos del cocinero fuera del jardín. Cuando observaba la tierra en torno al enorme tronco del baniano, que hervía de hormigas. También podrían ser estos recuerdos.

Tal vez era éste: un almuerzo en que estaba atada a la silla, con la correa tensa en el vientre, porque, tal como su madre anunció a la sala, debía aprender a comportarse. Lo cual, ya sabía ella, significaba no levantarse de la silla hasta que hubieran terminado de comer. Lo malo era que le encantaba el espacio bajo la mesa, la ilícita intimidad que cobijaba el mantel. No había manera de evitar que se metiera allí. Hallaba algo curiosamente conmovedor en los pies de la gente. Los zapatos, gastados en los puntos más raros, las particularidades de los nudos de los cordones, las ampollas, los callos, quién cruzaba los tobillos, quién cruzaba las rodillas, quién tenía agujeros en las medias, quién llevaba los calcetines desparejados, quién se sentaba con una mano en el regazo de quién. Ella lo sabía todo. Se deslizaba de su silla como un gato y ya no podían pescarla.

La cuerda es un pañuelo de su madre. A Esme le gusta el dibujo: espirales repetidas en púrpura, rojo y azul. Es un estampado Paisley, dice su madre. Esme sabe que eso es un sitio de Escocia.

La sala está llena. Están Kitty, sus padres y algunos invitados: varias parejas, una chica con el pelo escandalosamente corto a quien su madre ha colocado delante de un joven ingeniero, una mujer mayor y su hijo, y un hombre solitario, sentado junto al padre. Esme cree recordar que tomaron sopa, aunque no está muy segura. Le parece haber oído el movimiento de las cucharas, el sonido del metal contra la porcelana, las discretas acciones de sorber y tragar.

No paran de hablar. ¿Qué tendrán que decir? Por lo visto, muchas cosas. A Esme no se le ocurre nada, nada en absoluto, que quisiera comunicar a esa gente. Mueve la cuchara al tiempo que observa los remolinos de la sopa. No está escuchando, o al menos no escucha las palabras, pero sí atiende al rumor colectivo. Es como los loros en los árboles o las reuniones de ranas al atardecer. El mismo sonido *creec-creec-creec*.

De pronto y sin aviso previo, todos se levantan. Dejan las cucharas y salen en tromba de la sala. Esme, extraviada en sus ensoñaciones, pensando en los remolinos de la sopa, en las ranas, se ha perdido algo. Todo el mundo habla con gran entusiasmo y Kitty empuja a su padre para poder salir la primera. En su ansiedad, la madre se ha olvidado de su hija, atada a la silla.

La niña los observa a todos con la cuchara en la mano y la boca abierta. El umbral de la puerta se los traga, al ingeniero en último lugar, y el ruido de los pasos se desvanece por el pasillo. Esme, atónita, se vuelve hacia la sala vacía. Los lirios se yerguen, orgullosos e impasibles, en un jarrón de cristal; el reloj cuenta los segundos; una servilleta se desliza hacia una silla. La pequeña piensa en chillar, en expandir los pulmones y lanzar un grito, pero no lo hace. Mira las cortinas trémulas en la ventana abierta, una mosca se posa en un plato. Tiende el brazo y abre los dedos, sólo para ver qué pasa. La cuchara cae en línea recta, rebota en el extremo curvo, da la vuelta en el aire y se desliza por la alfombra hasta descansar bajo el aparador.

Iris avanza por la calle con las llaves en una mano y el café en la otra. El perro la sigue y sus uñas repiquetean en el asfalto. A través de los huecos entre los altos edificios la luz del sol forma escalones, y el agua de la lluvia nocturna se desvanece creando manchas en el suelo.

Cruza la calle seguida del perro. Le da una patada a una lata de cerveza en la puerta de entrada, pero no sale rodando sobre la acera como ella esperaba, sino que cae de lado y vierte su contenido en la entrada de la tienda.

—¡Maldita sea! —exclama Iris—. ¡Maldita sea, maldita sea!

Furiosa, asesta otra patada y la lata, ahora vacía, va a parar con estrépito a la alcantarilla. Iris mira atrás un momento. Los edificios de piedra se alzan impasibles con sus hileras de ventanas reflejando la luz de la mañana. Mira al perro, que menea el rabo y lanza un débil gañido.

—Feliz tú, que no tienes problemas.

Tira del postigo, que retrocede sobre su riel con alarmante traqueteo. Pasa por encima del charco de cerveza y saca del buzón un fajo de cartas que va ojeando al tiempo que recorre la tienda. Facturas, facturas, extracto bancario, postal, facturas y un sobre marrón.

Se detiene a medio camino del mostrador al ver la letra. Es pequeña, apretada, cada carácter cargado de tinta, de forma que el corazón semicircular de la *e* ha quedado inundado. Iris se acerca el sobre a la cara y ve que las formas han quedado grabadas en el papel. Al pasar los dedos por encima nota las marcas que ha dejado la máquina de escribir.

Una corriente de aire frío se filtra y se enrosca en sus tobillos. Iris alza la cabeza para mirar alrededor. Los bustos sin cara para exponer sombreros la miran; un abrigo de seda que cuelga del techo oscila ligeramente debido a la brisa. Iris levanta la pestaña del sobre, que se rasga con facilidad. Desdobla la única hoja que contiene, la mira. Aunque su mente todavía está en la cerveza, en cómo va a limpiarla, en que tiene que aprender a no dar patadas a las latas por la calle, repara en las palabras «caso» y «reunión», así como en el nombre «Euphemia Lennox». Al final una firma ilegible.

Se dispone a releerla cuando de pronto recuerda que le queda algo de detergente en la diminuta cocina de la trastienda. Mete la carta y el resto del correo en un cajón y desaparece tras una pesada cortina de terciopelo.

Sale a la calle con una fregona y un balde de agua jabonosa. Empieza junto a la puerta, echando el agua hacia la calle. Alza la cara al cielo. Una furgoneta pasa tan cerca que la corriente de aire le agita el pelo. Un niño llora en alguna parte. El perro está en el umbral, contemplando las diminutas siluetas de la gente que cruza el puente muy por encima de ellos. A veces la calle parece tan profundamente hendida en la ciudad que es como si Iris llevara una vida subterránea. Se apoya en la fregona e inspecciona el umbral. El nombre Euphemia Lennox resurge en su mente. Seguramente será algún pedido, piensa. Suerte que decidí conservar el balde, piensa. Parece que va a llover, piensa.

• • •

Iris está sentada frente a Alex en un bar de New Town. Balancea un zapato plateado con los dedos de los pies y toma una aceituna. Alex juguetea con el brazalete que ella lleva en la muñeca, girándolo entre los dedos. Luego se mira el reloj.

—No suele tardar tanto —murmura.

Sus ojos se ocultan tras unas gafas oscuras en las que Iris ve su propio reflejo deformado, o la sala a sus espaldas.

Deja el hueso de la aceituna en un plato. Había olvidado que Fran, la mujer de Alex, había quedado con ellos.

—¿No? —Coge otra aceituna y la aprieta entre los dientes.

Alex no dice nada. Saca un cigarrillo del paquete, se lo lleva a los labios. Ella se chupa los dedos, agita levemente la copa de combinado.

—¿Sabes? —comienza mientras él busca una cerilla—. Hoy me ha llegado una factura y al lado de mi nombre habían escrito «la bruja», a lápiz.

—¿De verdad?

—Sí. «La bruja.» Increíble, ¿no? Ahora no recuerdo de quién era la factura.

Alex guarda silencio, acerca la cerilla encendida al cigarrillo y da una honda calada.

—Obviamente es alguien que te conoce.

Iris se queda mirando a su hermano, sentado frente a ella, mientras el humo asciende en volutas. De pronto tiende el brazo y le echa una aceituna por dentro de la camisa.

Fran entra en el bar a toda prisa. Llega tarde. Ha ido a la peluquería. Cada seis semanas va a que le hagan mechas rubias en el pelo castaño. Es doloroso. Le ponen un gorro muy apretado, le sacan a tirones los mechones de pelo y los untan con productos irritantes. Le duele tanto la cabeza como si todavía llevara puesto el gorro.

Echa un vistazo al local. Lleva la blusa de seda, la que le gusta a Alex. Una vez le dijo que con ella sus pechos parecían melocotones. Y la falda de lino ajustada. Se oye el frufrú de la ropa y el pelo le cae en una limpia cortina en torno a la cara.

Los ve, medio ocultos por una columna. Están inclinados, muy juntos, bajo las luces. Beben lo mismo, algo rojo y transparente con hielo, y sus cabezas casi se tocan. Iris lleva unos pantalones de cintura baja. Sigue delgada, el hueso de las caderas se insinúa por encima de la cinturilla del pantalón. Lleva un top al que parece que le ha cortado cuello y mangas con tijeras.

—¡Hola! —Fran saluda, pero no la ven. Están cogidos de la mano. O tal vez no. La mano de Alex descansa sobre la muñeca de Iris.

Fran se abre paso entre las mesas, agarrada al bolso que lleva colgado al hombro. Cuando llega hasta ellos, los dos hermanos estallan en carcajadas y Alex se sacude la camisa como si tuviera algo por dentro.

—¿De qué os reís tanto? —pregunta Fran sonriendo—. Contadme el chiste.

—De nada —contesta él, todavía riéndose.

—¡Ay, vamos! —exclama ella—. Por favor.

—No es nada. Ya te lo cuento luego. ¿Quieres tomar algo?

Al otro lado de la ciudad, Esme está en la ventana. Un tramo de escaleras sube a su izquierda; a la derecha, las escaleras bajan. El aliento se le agolpa en el cristal frío. Agujas de lluvia golpean el otro lado y el atardecer comienza a teñir los huecos entre los árboles. Está observando la carretera, los dos carriles de tráfico en dirección contraria, el lago más allá, los patos que dibujan líneas en la superficie de pizarra.

Los coches han estado yendo y viniendo todo el día. La gente sube por las portezuelas traseras, el motor se pone en marcha y el vehículo arranca engullendo grava al tomar la curva. Adiós, se despide la gente en la puerta, moviendo las manos en el aire. Adiosadiosadiós.

—¡Eh! —El grito proviene de arriba.

Esme se vuelve. Hay un hombre en la escalera. ¿Lo conoce? Su cara le suena, pero no está segura.

—¿Qué haces? —grita el hombre, sorprendentemente exasperado para ser alguien que a Esme le parece no haber visto nunca.

No sabe qué contestar, de manera que no contesta.

—No te quedes así en la ventana. Vamos.

Esme echa un último vistazo al camino particular y ve a una mujer que antes dormía en la cama de al lado. Está junto a un coche marrón. Un anciano mete el equipaje en el maletero. La mujer llora y se quita los guantes. El hombre no la mira. Esme se da la vuelta y sube la escalera.

Iris se mete en el escaparate de su tienda. Le quita el traje de terciopelo al maniquí, lo sacude, alinea las costuras de los pantalones y los cuelga en una percha. Luego, en el mostrador, desenvuelve capas y capas de protección de muselina hasta sacar un vestido escarlata doblado. Lo sostiene con cuidado por los hombros, lo sacude y el vestido se abre como una flor.

Lo acerca a la luz de la ventana. Es la clase de prenda que sólo obtiene muy de cuando en cuando. Una vez en la vida, casi. Alta costura, pura seda, un diseñador famoso. Una mujer había llamado diciendo que estaba recogiendo el guardarropa de su madre y había dado con unos «vestidos muy bonitos» en un baúl. Aunque Iris no esperaba gran cosa, acudió de todas formas. Cuando la mujer abrió el baúl, entre los habituales sombreros aplastados y faldas desvaídas, apareció un destello rojo, un dobladillo cortado al bies, un puño estrecho.

Iris lo pasa por los hombros del maniquí y va tirando del bajo, enderezando una manga, añadiendo un alfiler o dos a la espalda. El perro la observa desde su cesta con ojos ambarinos.

Cuando termina, sale a la calle a analizar el trabajo. El perro la sigue hasta el umbral, pero no pasa de ahí, jadea ligeramente preguntándose si habrá un paseo en perspectiva. El vestido es impecable, perfectamente confeccionado. Tiene medio siglo y ni una sola marca. Tal vez ni siquiera llegaron a estrenarlo. Cuando Iris le preguntó a la mujer dónde podría haberlo comprado su madre, la otra contestó, encogiéndose de hombros, que su madre hacía muchos cruceros.

—¿Qué te parece? —le pregunta Iris al perro, al tiempo que retrocede un paso. El animal bosteza mostrando el rosado paladar.

Ya en la tienda, Iris gira el maniquí cuarenta y cinco grados y de pronto da la impresión de que la figura del vestido rojo está a punto de saltar del escaparate a la calle. Busca en la trastienda un bolso cuadrado y lo deja a los pies del maniquí. Sale a echar otro vistazo. Hay algo que falla. ¿Será el ángulo del maniquí? ¿Los zapatos de piel de serpiente?

Iris suspira y se vuelve de espaldas al escaparate. El vestido la pone nerviosa, aunque no sabe muy bien por qué. Es demasiado perfecto, demasiado bueno. No está acostumbrada a manejar objetos tan impecables. En realidad le gustaría quedárselo, pero de inmediato lo descarta. Imposible. Ni siquiera ha consentido en probárselo, porque sabe que si lo hiciera nunca se lo quitaría. No puedes permitírtelo, se reprende seriamente. Quienquiera que lo compre, estará encantada con él. Con ese precio, por fuerza habrá de encantarle. Seguro que irá a parar a una buena casa.

Por hacer algo saca el móvil y llama a Alex. Echa otra mirada torva al escaparate cuando oye la conexión de la línea y respira, dispuesta a hablar. Pero es la voz de Fran la que responde:

«Hola, éste es el móvil de Alex.» Iris lo aparta de la oreja y lo cierra con un chasquido.

Por la tarde entra un hombre. Se entretiene limpiándose los zapatos en el felpudo, lanzando miradas al local. Iris le sonríe y vuelve a inclinar la cabeza sobre su libro: no le gusta presionar a los clientes. De todas formas, lo mira a hurtadillas. El hombre cruza el centro despejado de la tienda y cuando llega a una percha de negligés y camisolas da un respingo como un caballo asustado.

Iris deja el libro.

—¿Puedo ayudarlo?

El hombre tiende la mano hacia el mostrador y parece apoyarse en él.

—Estoy buscando algo para mi mujer —anuncia con expresión ansiosa. Se nota que quiere a su mujer y desea complacerla—. Una amiga suya me comentó que le gustaba esta tienda.

Iris le enseña una rebeca de cachemira de color brezo, unas zapatillas chinas con peces naranja bordados, un bolso de ante con el cierre dorado, un cinturón de piel de cocodrilo, un pañuelo abisinio tejido con plata, un corpiño con flores bordadas, una chaqueta con el cuello de plumas de avestruz, un anillo con un escarabajo incrustado.

—¿Podría ver eso? —pide el hombre, alzando la cabeza.

—¿El qué? —pregunta Iris, al tiempo que oye el timbrazo del teléfono detrás del mostrador. Se agacha para contestar—. ¿Diga?

Silencio.

—¿Diga? —insiste, tapándose la otra oreja con la mano.

—Buenas tardes —saluda una refinada voz masculina—. ¿Es un momento oportuno para hablar con usted?

Iris desconfía al instante.

—Es posible.

—Llamo por… —la voz queda ahogada por un fragor de ruido estático y reaparece unos segundos después— y reunirse con nosotros.

—Perdone, no le he entendido.

—Llamo por Euphemia Lennox —expone el hombre, cuya voz suena ofendida.

Iris frunce el ceño. El nombre le suena vagamente.

—Lo siento, pero no sé quién es.

—Euphemia Lennox.

Iris mueve la cabeza, confusa.

—Me temo que no…

—Lennox —repite el hombre—. Euphemia Lennox. ¿No la conoce?

—No.

—Me habré equivocado de número. Discúlpeme.

—Un momento —salta Iris, pero la línea se ha cortado.

Se queda mirando el teléfono un instante antes de colgar.

—Número equivocado —informa al cliente, y ve que la mano de éste oscila entre las zapatillas chinas y un bolsito de cuentas con la hebilla de carey. Por fin la posa sobre el bolso.

—Esto.

Iris se lo envuelve en papel de seda dorado.

—¿Cree que le gustará? —pregunta el hombre al recibir el paquete.

Iris se pregunta cómo será su mujer, qué clase de persona. Qué extraño debe de ser el matrimonio, estar tan atada, tan enganchada a otra persona.

—Seguro que sí —contesta—. Pero si prefiere otra cosa, puede venir y cambiarlo.

Después de cerrar la tienda, Iris se dirige en coche hacia el norte; deja atrás el casco antiguo, a través del valle que antes albergaba un lago, y recorre las calles de la parte nueva de la ciudad en dirección a los muelles. Aparca de cualquier manera en una zona sólo para residentes y llama al timbre de un importante bufete de abogados. Es la primera vez que acude allí. El edificio parece desierto, la luz de la alarma parpadea sobre la puerta, todas las ventanas están oscuras. Pero sabe que Luke se encuentra dentro. Inclina la cabeza hacia el portero automático, esperando oír su voz. No se oye nada. Pulsa de nuevo el botón y espera. Entonces oye un chasquido y la puerta se abre hacia ella.

—Señora Lockhart, supongo que tiene usted hora, ¿no?

Iris lo mira de arriba abajo. Lleva la camisa remangada y la corbata suelta.

—¿Es necesario concertar una cita?

—No. —El hombre le agarra la muñeca, luego el brazo, luego el hombro, y tira de ella hacia el portal.

Le besa el cuello, cerrando la puerta con una mano mientras con la otra se abre camino por dentro de su abrigo y debajo de la blusa, en torno a la cintura, sobre los pechos, por las vértebras. La lleva, casi la arrastra, por la escalera y ella tropieza con los tacones. Luke la sujeta del codo e irrumpen por una puerta de cristal.

—Bueno —dice Iris, mientras él se quita la corbata y la arroja—. ¿Aquí hay cámaras de seguridad?

Él niega con la cabeza y la besa. Forcejea con la cremallera de la falda, mascullando palabrotas mientras se esfuerza. Iris le cubre las manos con las suyas y la cremallera acaba cediendo, la falda se desliza al suelo y ella la lanza de una patada por los aires, haciendo reír a Luke.

Se conocieron hace dos meses, en una boda. Ella odia las bodas. Las odia con pasión. Eso de andar desfilando con ropa ridícula, la publicidad ritual de una relación privada, los interminables discursos de los hombres en nombre de las mujeres. Pese a ello, en ésa se lo pasó muy bien. Una de sus mejores amigas se casaba con un hombre que a Iris le caía bien, para variar; la novia llevaba un vestido precioso, para variar; los asientos no estaban asignados, no hubo discursos y no los llevaron de un sitio a otro como al ganado para hacerse fotos espantosas.

Todo ocurrió gracias al atuendo de Iris: un vestido de noche sin espalda, de crepé de China verde, que ella había modificado para la ocasión. Llevaba un rato hablando con una amiga, pero sin perder de vista al hombre que se había sentado junto a ellas y bebía champán mirando en torno a la marquesina con un aire seguro y sereno, saludando a alguien de vez en cuando, pasándose la mano por el pelo.

—Menudo vestido llevas, Iris —comentó la amiga.

Y el hombre, sin mirarlas siquiera, sin inclinarse hacia ellas, replicó:

—En realidad no es un vestido. ¿No es lo que antes se llamaba un traje de fiesta?

Iris lo miró directamente por primera vez.

Demostró ser un buen amante, tal como Iris había supuesto. Considerado sin resultar demasiado serio, apasionado sin llegar a empalagoso. Esa noche, sin embargo, a Iris le parece detectar un ligero atisbo de prisa en sus movimientos. Abre los ojos y lo mira con los párpados entornados. Él tiene los ojos cerrados, la expresión absorta, concentrada. La levanta para llevarla de la mesa al suelo y entonces sí, Iris lo ve echar un vistazo al reloj por encima del ordenador.

—Dios mío —exclama él después, demasiado pronto, le parece a Iris, antes incluso de haber recuperado la respiración normal, antes de que el corazón se calme en su pecho—. ¿Te puedes pasar por aquí todos los días?

Iris se pone boca abajo, notando el tacto áspero de la moqueta en la piel. Luke le besa la zona lumbar, acaricióndole la espalda con la mano, luego se incorpora, se acerca a la mesa y se viste. Se intuye cierta urgencia en sus movimientos: se sube los pantalones bruscamente, se baja la camisa de un tirón.

—¿Te esperan en casa? —Iris, todavía en el suelo, procura articular lentamente cada palabra.

Él consulta el reloj mientras se lo pone en la muñeca y esboza una mueca.

—Le dije que me quedaría a trabajar hasta tarde.

Ella coge un clip que se ha caído y mientras lo abre recuerda sin venir al caso que en francés se llaman *trombones*.

—De hecho debería llamarla —murmura Luke. Se sienta al escritorio y coge el teléfono. Tamborilea con los dedos mientras espera, luego sonríe a Iris, un rápido gesto que desaparece al decir—: ¿Gina? Soy yo. No, todavía no.

Iris tira el clip ya sin forma y coge las bragas. No tiene problemas con la mujer de Luke, pero tampoco le apetece tener que escuchar su conversación. Recoge su ropa del suelo, una prenda tras otra, y se viste. Se ha sentado para subirse la cremallera de las botas cuando Luke cuelga. El suelo se estremece mientras se acerca a ella.

—No te irás ya, ¿no?

—Pues sí.

—No te vayas. —Se arrodilla y le rodea la cintura con los brazos—. Todavía no. Le he dicho que tardaría en llegar. Podríamos pedir algo de comida. ¿Tienes hambre?

Ella se endereza el cuello.

—Debo irme.

—Iris, quiero dejarla.

Ella se frena en seco. Intenta levantarse, pero él la sujeta con fuerza.

—Luke…

—Quiero dejarla para estar contigo.

Por un momento Iris se queda sin palabras. Luego empieza a desprenderse de él.

—Por Dios, Luke. No quiero hablar de eso. Tengo que irme.

—No, aún puedes quedarte un rato. Tenemos que hablar. Yo no puedo seguir así. Acabaré volviéndome loco si he de continuar fingiendo que no ocurre nada con Gina cuando me paso cada minuto del día desesperado por…

—Luke. —Iris le quita un pelo suyo de la camisa—. Me voy. He quedado con Alex para ir al cine y…

Luke frunce el ceño y la suelta.

—¿Vas a ver a Alex?

Luke y Alex sólo se han visto una vez. Iris llevaba saliendo con Luke una semana más o menos cuando Alex se presentó sin avisar en su casa. Tenía esa costumbre cada vez que su hermana empezaba una relación. Iris podría jurar que le avisaba un sexto sentido.

—Te presento a Alex —dijo al entrar en la cocina, con el mentón tenso de irritación—, mi hermano. Éste es Luke.

—Hola. —Alex se inclinó sobre la mesa tendiendo la mano.

Luke se levantó para estrechársela. Sus dedos de anchos nudillos engulleron los de Alex. A Iris le impactó el contraste entre ambos: Luke, un mesomorfo moreno y grandón, junto al ectomorfo pálido y larguirucho que era Alex.

—Alexander, me alegro de conocerte.

—Alex —lo corrigió éste.

—Alexander.

Iris miró a Luke. ¿Lo hacía a propósito? De pronto se sintió muy pequeña, disminuida por los dos hombres que descollaban sobre ella.

—Es Alex —saltó—. Y ahora os sentáis los dos y vamos a tomar una copa.

Luke obedeció. Iris sacó otra copa para Alex y sirvió vino. Luke miraba de Alex a Iris y viceversa. Sonrió.

—¿Qué? —Ella dejó la botella.

—No os parecéis en nada.

—Bueno, ¿por qué habríamos de parecernos? En realidad no somos parientes de sangre.

Luke pareció desconcertado.

—Pero yo creía…

—Es mi hermanastra. Mi padre se casó con su madre.

—Ah. —Luke inclinó la cabeza.

—¿No te lo había dicho? —preguntó Alex, cogiendo la botella de vino.

Cuando Luke fue al baño, Alex se arrellanó en la silla, encendió un cigarrillo, miró en torno a la cocina, sacudió algo de ceniza de la mesa, se ajustó el cuello. Iris se quedó mirándolo. ¿Cómo se atrevía a quedarse ahí sentado como si nada? Dobló su servilleta en una larga tira y le dio un fuerte golpe con ella en la manga.

Él se sacudió más ceniza de la camisa.

—Me has hecho daño —se quejó.

—Me alegro.

—Bueno. —Alex dio una calada.

—¿Bueno qué?

—Bonita camiseta —repuso él, todavía sin mirarla.

—¿La mía o la suya? —espetó ella.

—La tuya. —Por fin la miró—. Por supuesto.

—Gracias.

—Es demasiado alto.

—¿Demasiado alto? ¿Qué quieres decir?

Alex se encogió de hombros.

—No sé si yo podría llevarme bien con alguien que me sacara tantos centímetros.

—No digas tonterías.

Alex apagó el cigarrillo en el cenicero.

—¿Puedo preguntar cuál… —trazó un círculo con la mano en el aire— es la situación?

—No —se apresuró a contestar ella. Luego se mordió el labio—. No hay ninguna situación.

Alex enarcó las cejas. Iris retorció la servilleta.

—Vale —murmuró él—. Pues no me lo digas. —Movió bruscamente la cabeza hacia la puerta, hacia el ruido de pasos en el suelo de madera—. Ahí vuelve el tortolito.

Esme está sentada en el pupitre, inclinada hacia un lado, con la cabeza apoyada en el antebrazo. Al otro lado del pupitre Kitty hace ejercicios de verbos en francés. Esme no mira los problemas de aritmética que le han puesto, sino el polvo que se arremolina en los rayos de luz, la línea blanca de la raya del pelo de su hermana, los nudos y marcas de la mesa de madera, que fluyen como el agua, las ramas de la adelfa del jardín, las leves medialunas que aparecen bajo sus cutículas.

La pluma de Kitty araña el papel y ella suspira, concentrada. Esme golpea con el talón la pata de la silla. Su hermana no alza la vista. Repite el gesto con más fuerza y Kitty levanta el mentón. Se miran a los ojos. Los labios de ésta se abren en una sonrisa y su lengua asoma, lo justo para que la vea la otra, pero no la institutriz, la señorita Evans. Esme sonríe. Se pone bizca y se chupa los carrillos, y Kitty tiene que morderse el labio y apartar la vista.

La señorita Evans, de espaldas a la sala, mirando hacia el jardín, dice:

—Espero que el ejercicio de aritmética esté casi terminado.

Esme mira la sarta de números, signos de suma, signos de resta. Al lado de las dos líneas que significan «igual» no hay nada, un negro vacío. De pronto la asalta un destello de inspiración. Mueve la pizarra a un lado y se levanta de la silla.

—¿Puedo salir un momento? —pide.

—¿Puedo salir...?

—¿Puedo salir, por favor, señorita Evans?

—¿Para qué?

—Eh... —Esme se esfuerza por recordar lo que tiene que decir—. Para... eh...

—Ir al servicio —apunta Kitty, sin alzar la vista de los verbos.

—¿Estaba hablando contigo, Kathleen?

—No, señorita Evans.

—Entonces ten la amabilidad de refrenar la lengua.

Esme respira por la nariz, y al exhalar muy despacio por la boca dice:

—Para ir al servicio, señorita Evans.

Ésta, todavía de espaldas a ellas, inclina la cabeza.

—Muy bien. Te quiero de vuelta en cinco minutos.

Esme cruza el patio saltando, frotando con la mano las flores que crecen en macetas a lo largo del muro. Los pétalos caen en cascada a su paso. El calor del día está llegando a su apogeo. Pronto será la hora de la siesta, la señorita Evans desaparecerá hasta el día siguiente y Kitty y ella podrán tumbarse bajo la bruma de sus mosquiteras, observando los lentos círculos del ventilador del techo.

En el salón se detiene. ¿Ahora dónde? De la fría y húmeda cocina proviene el olor caliente y mantecoso del *chai*. En la galería se oye el murmullo de la voz de su madre...

—... y él insiste en tomar la carretera del lago aunque yo le haya dejado muy claro que teníamos que ir directamente al club, pero como ya sabes...

Esme da la vuelta y se encamina por el otro lado del patio hacia la habitación infantil. Empuja la puerta, que está seca y caliente del sol. Dentro encuentra a Jamila, que remueve algo sobre un fogón bajo, y a Hugo, de pie, agarrado a la pata de una silla, con un bloque de madera en la boca. Al ver a Esme lanza un chillido, se tira al suelo y empieza a gatear hacia ella con bruscos movimientos de juguete de cuerda.

—Hola, pequeñajo, hola, Hugo —lo arrulla Esme, que adora al bebé. Le encantan sus miembros apretados, nacarados, los hoyuelos de los nudillos, su olor a leche. Se arrodilla ante él y Hugo le coge los dedos y luego tiende la mano hacia una de sus trenzas—. ¿Puedo cogerlo en brazos, Jamila? —suplica—. Por favor.

—Mejor que no. Pesa mucho. Demasiado para ti, me parece.

Esme junta la cara a la de Hugo, nariz con nariz, y él se echa a reír encantado, agarrándole el pelo. Jamila cruza la sala entre el frufrú de su sari y Esme nota una mano en el hombro, fresca y suave.

—¿Qué haces aquí? —murmulla acariciándole la frente—. ¿No es la hora de la clase?

Esme se encoge de hombros.

—Quería ver cómo estaba mi hermano.

—Tu hermano está perfectamente. —Jamila se lo pone en la cadera—. Pero te echa de menos. ¿Sabes lo que ha hecho hoy?

—No, ¿qué?

—Yo estaba en el otro lado de la habitación y él…

Jamila se interrumpe. Sus grandes ojos negros se clavan en los de la niña. A lo lejos se oye la voz tensa de la señorita Evans y la de Kitty, que habla por encima de ella, ansiosa y protectora. Luego las palabras cobran nitidez. La señorita Evans le está diciendo a la madre de Esme que ésta ha vuelto a escaparse, que es una criatura imposible, desobediente, mentirosa, que no aprende…

Y Esme descubre que en realidad está sentada a la larga mesa de un comedor, con un tenedor en una mano y un cuchillo en la otra. Delante tiene un estofado. En la superficie flotan charcos de grasa, y si intenta romperlos, sencillamente se dividen y se multiplican en pequeños clones de sí mismos. Bajo la salsa se adivinan los bultos de las zanahorias y la carne.

No piensa comérselo, ni hablar. Se comerá el pan, pero sin margarina, que quitará. También se beberá el agua, aunque tenga el sabor del vaso metálico. No se comerá la gelatina de naranja. Viene en un plato de papel y está cubierta por una película de polvo.

—¿Quién viene a buscarte?

Esme se vuelve. La mujer que está a su lado se inclina hacia ella. El ancho pañuelo atado en torno a su frente se ha deslizado, dándole un vago aspecto pirata. Se le caen los párpados y tiene los dientes podridos.

—¿Qué has dicho? —pregunta Esme.

—A mí viene a recogerme mi hija —explica la mujer pirata, agarrándole el brazo—. Viene en su coche. ¿Quién viene a buscarte a ti?

Esme mira su bandeja de comida. El estofado. Los círculos de grasa. El pan. Tiene que pensar. Deprisa. Ha de decir algo.

—Mis padres —aventura.

Una de las mujeres de la cocina, que está sirviendo té de un termo, se echa a reír y Esme piensa en los cuervos graznando en los árboles.

—No seas tonta. —La mujer acerca la cara—. Tus padres están muertos.

Esme piensa un momento.

—Ya lo sabía.

—Sí, ya —mascula la mujer, dejando el té bruscamente en la mesa.

—Pues sí —replica indignada, pero la mujer se aleja por el pasillo.

Esme cierra los ojos, se concentra, intenta hallar el camino de vuelta. Intenta desvanecerse, hacer que desaparezca el comedor. Se imagina tumbada en la cama de su hermana. Lo ve. El borde de caoba, la colcha de encaje, la mosquitera. Pero algo falla.

Estaba cabeza abajo. Eso era. Gira la imagen en su mente. Estaba tumbada de espaldas, no boca abajo, con la cabeza caída por el borde, mirando la habitación al revés. Kitty entraba y salía de su campo de visión, del armario al baúl, cogiendo y dejando prendas de ropa. Esme se apretaba una fosa nasal con el dedo, inspiraba, luego se tapaba la otra para espirar. El jardinero le había contado que era el camino a la serenidad.

—¿Crees que te lo pasarás bien? —preguntó Esme.

Kitty alzó una camisola frente a la ventana.

—No lo sé. Probablemente. Ojalá vinieras tú.

Esme se apartó el dedo de la nariz y se puso boca abajo.

—A mí también me gustaría ir. —Dio con la punta del pie contra el cabecero de la cama—. No sé por qué tengo que quedarme aquí.

Sus padres y su hermana se iban «al campo», a una fiesta. Hugo se quedaba porque era demasiado pequeño y Esme se quedaba castigada por haber andado descalza por el camino particular. Había sucedido dos días antes, en una tarde de tal bochorno que los pies no le entraban en los zapatos. Ni siquiera se le había ocurrido que no estaba permitido, hasta que su madre dio unos golpes en la ventana del salón y la llamó a la casa. Mientras acudía, notaba en los pies las piedras afiladas del camino, placenteramente incómodas.

Kitty se volvió para mirarla un momento.

—A lo mejor al final te dejan ir.

Esme lanzó una última y fuerte patada al cabecero.

—No creo. —De pronto se le ocurrió algo—. Podrías quedarte. Podrías decir que no te encuentras bien, que…

Kitty empezó a quitar la cinta de la camisola.

—Debo ir.

Su tono tenso, de afectada resignación, picó la curiosidad de Esme.

—¿Por qué? ¿Por qué debes ir?

Kitty se encogió de hombros.

—Necesito conocer gente.

—¿Gente?

—Chicos.

Esme se esforzó por incorporarse.

—¿Chicos?

Kitty se enroscaba una y otra vez la cinta en torno a los dedos.

—Eso he dicho.

—¿Y para qué quieres conocer chicos?

Kitty sonrió a la cinta.

—Tú y yo tendremos que encontrar marido.

Esme se quedó estupefacta.

—¿Sí?

—Pues claro. No podemos quedarnos aquí toda la vida.

Esme la miró. A veces era como si fueran iguales, de la misma edad, pero en otras ocasiones los seis años que se llevaban se extendían en un abismo imposible.

—Yo no pienso casarme —anunció, arrojándose de nuevo en la cama.

Kitty se echó a reír.

—Ah, ¿no?

Iris llega tarde. Se ha quedado dormida, se entretuvo demasiado en desayunar y en decidir qué ponerse. Y ahora llega tarde. Tiene que entrevistar a una mujer para que la ayude los sábados en la tienda, y tendrá que llevarse al perro. Espera que a la mujer no le importe.

Lleva el abrigo en el brazo, el bolso al hombro, al perro de la correa y ya está a punto de salir cuando suena el teléfono. Vacila un momento antes de cerrar de golpe la puerta y volver corriendo a la cocina. El perro piensa que está jugando y salta entusiasmado; Iris tropieza con la correa y se cae contra la puerta de la cocina.

Suelta una maldición, frotándose el hombro. Se lanza hacia el teléfono.

—Sí, diga —resuella, con el auricular y la correa del perro en una mano, el bolso y el abrigo en la otra.

—¿Hablo con la señorita Lockhart?

—Sí.

—Me llamo Peter Lasdun. La llamo de…

Iris no entiende el nombre, pero sí capta la palabra «hospital». Aferra el auricular. La mente le hace cabriolas mientras piensa: mi hermano, mi madre, Luke.

—¿Hay alguien…? ¿Ha pasado algo?

—No, no. —El hombre emite una irritante risita—. No hay motivo de alarma, señorita Lockhart. Nos ha costado bastante localizarla. La llamo por Euphemia Lennox.

Iris siente una oleada de alivio y rabia.

—Oiga —le espeta—, no tengo ni idea de quiénes son ustedes ni qué quieren, pero jamás he oído hablar de Euphemia Lennox. Estoy muy ocupada y…

—Usted es su pariente más próximo —declara el hombre con voz muy queda.

—¿Qué? —Iris está tan irritada que tira el bolso, el abrigo y la correa del perro—. ¿De qué me está hablando?

—¿No es usted pariente de la señora Kathleen Elizabeth Lockhart, nombre de soltera Lennox, de Lauder Road, Edimburgo?

—Sí. —Iris mira al perro—. Es mi abuela.

—Y usted ha sido su representante legal desde… —se oye ruido de papeles— desde que ingresó como interna en la residencia. —Más papeles—. Tengo aquí un documento que nos entregó su abogado, firmado por la señora Lockhart, que la nombra el familiar con quien contactar para los asuntos pertinentes a una tal Euphemia Esme Lennox. La hermana de su abuela.

Iris está ahora furiosa.

—Mi abuela no tiene hermanas.

Se produce una pausa en la que Iris oye al hombre hacer ruiditos inarticulados.

—Me veo obligado a llevarle la contraria —dice por fin.

—No tiene ninguna hermana. Estoy segura. Es hija única, como yo. ¿Me está diciendo que no conozco mi propio árbol genealógico?

—El consejo de administración de Cauldstone ha estado intentando localizar…

—¿Cauldstone? ¿No es ése el… el… —busca una palabra que no sea «manicomio»—… el hospital psiquiátrico?

El hombre tose.

—Es una unidad especializada en psiquiatría. Bueno, lo era.

—¿Era?

—Lo van a cerrar. Es la razón por la que la llamo.

Mientras conduce por Cowgate, suena el móvil. Lo saca como puede del bolsillo del abrigo.

—¿Sí?

—Iris, ¿sabías que cada año mueren dos mil quinientos zurdos utilizando cosas hechas para diestros? —Es Alex.

—No lo sabía, no.

—Pues es verdad. Lo tengo aquí delante. Estoy trabajando en un sitio web de seguridad doméstica. Así es mi vida. Se me ha ocurrido llamarte para avisarte. No sabía que tu existencia fuera tan precaria.

Iris se mira la mano izquierda, aferrada al volante.

—Ni yo.

—Lo más peligroso son los abrelatas, por lo visto. Aunque no dice exactamente cómo puedes llegar a morir usando un abrelatas. ¿Dónde te has metido toda la mañana? Llevo horas intentando dar contigo para contártelo. Pensé que habías emigrado sin decirme nada.

—Por desgracia sigo aquí. —Iris ve un semáforo en ámbar, pisa el acelerador y el coche sale disparado—. De momento ha sido un día normal. He desayunado, he entrevistado a una persona para que me ayude en la tienda y he averiguado que soy la responsable de una loca cuya existencia ni siquiera conocía.

Iris oye en la oficina de Alex el ruidito de una impresora.

—¿Qué?

—Mi tía abuela. Está en Cauldstone.

—¿Cauldstone? ¿El manicomio?

—Esta mañana me han llamado de… —De pronto una furgoneta sale justo delante de ella. Iris toca la bocina de un puñetazo y exclama—: ¡Hijo de puta!

—¿Estás conduciendo?

—No.

—¿Entonces es que tienes el síndrome de Tourette? Estás conduciendo, que te oigo.

—Ay, no me des la lata. —Iris se echa a reír—. No pasa nada.

—Ya sabes que no me gusta. Un día te voy a oír morir en un accidente de coche. Cuelgo. Adiós.

—Espera, Alex…

—Me voy. Y no contestes al teléfono cuando vayas conduciendo. Hablamos luego. ¿Dónde vas a estar?

—En Cauldstone.

—¿Piensas ir hoy? —pregunta Alex, serio de pronto.

—De hecho, estoy yendo ahora mismo.

Oye que Alex martillea con el bolígrafo en la mesa y se agita en la silla.

—No firmes nada —dice por fin.

—Pero no lo entiendo —interrumpe Iris—. Si es la hermana de mi abuela, mi… mi tía abuela, ¿cómo es que jamás he sabido de su existencia?

Peter Lasdun suspira. La asistente social suspira. Ambos se miran. Llevan sentados en esa sala, en torno a esa mesa, lo que parecen horas. Lasdun ha estado explicando a Iris minuciosamente lo que llama Normas de Rutina. Incluyen Cuidados Diarios, Programas de Rehabilitación, Horarios de Salidas. Parece hablar siempre con iniciales mayúsculas. Iris se las ha arreglado para ofender a la asistente social —o Asistente Primordial, como Lasdun la llama— al confundirla con una enfermera, lo cual ha suscitado una retahíla de títulos y cualificaciones universitarias por parte de la mujer. A Iris le gustaría beber un vaso de agua, le gustaría abrir una ventana, le gustaría estar en otra parte. En cualquier otra parte.

Peter Lasdun tarda lo suyo en alinear un expediente con el borde de la mesa.

—¿No ha hablado de Euphemia con ningún miembro de su familia desde nuestra última conversación? —pregunta con infinita paciencia.

—No queda nadie. Mi abuela está perdida en el mundo del alzhéimer. Mi madre está en Australia y nunca ha oído hablar de ella. Es posible que mi padre supiera algo, pero murió. —Iris juguetea con la taza de café vacía—. Todo esto parece increíble. ¿Por qué tendría que creer lo que me dicen?

—No es raro que nuestros pacientes acaben… digamos olvidados. Euphemia lleva mucho tiempo con nosotros.

—¿Cuánto, exactamente?

Lasdun consulta el historial, pasando el dedo por las páginas.

La asistente social carraspea y se inclina.

—Sesenta años, más o menos…

—¿Sesenta años? —casi grita Iris—. ¿Aquí? Pero ¿qué le pasa?

Esta vez los dos se refugian en sus notas. Iris se inclina hacia delante. Se le da bastante bien leer al revés. «Trastorno de personalidad», logra descifrar, «bipolar», «electroconvulsiva». Lasdun la ve mirando y cierra de golpe el historial.

—Euphemia ha tenido varios diagnósticos de diversos… profesionales durante su estancia en Cauldstone. Baste decir, señorita Lockhart, que mi colega y yo hemos trabajado mucho con su tía durante nuestro reciente Programa de Rehabilitación. Estamos plenamente convencidos de su docilidad y muy seguros de que puede reinsertarse en la sociedad con total garantía. —Y le dedica lo que seguramente considera una sonrisa comprensiva.

—Y supongo que esta opinión suya no guarda la menor relación con el hecho de que vayan a cerrar esto para vender los terrenos, ¿no?

Lasdun toquetea un bote de bolígrafos. Saca dos, los pone en la mesa, los devuelve a su sitio.

—Eso, por supuesto, es otra cuestión. La pregunta que le planteamos… —vuelve a dedicarle su voraz sonrisa— es: ¿está usted dispuesta a llevársela?

Iris frunce el ceño.

—¿Llevármela adónde?

—Llevársela. Alojarla.

—¿Quiere decir conmigo? —se horroriza Iris.

Lasdun hace un gesto vago.

—A cualquier parte donde crea conveniente…

—No. No puedo. Ni siquiera la conozco. No sé quién es. No puedo.

Lasdun asiente con la cabeza con gesto cansino.

—Ya veo.

Al otro lado de la mesa, la asistente social está ordenando sus pilas de papeles. Él sacude algo de la cubierta del expediente.

—Bueno, muchas gracias por su tiempo, señorita Lockhart. —Se agacha tras la mesa buscando algún objeto en el suelo. Iris ve que se trata de otro historial, con otro nombre—. Ya nos pondremos en contacto con usted si necesitamos su opinión para algún asunto en el futuro. La acompañarán a la puerta. —Hace un gesto hacia la mesa de recepción.

Iris se inclina en la silla.

—¿Ya está? ¿Fin de la historia?

Lasdun abre las manos.

—No hay más que discutir. Mi trabajo, como representante del hospital, es plantearle la cuestión, y usted ya ha contestado.

Iris se levanta, toqueteando la cremallera del bolso. Se vuelve, da dos pasos hacia la puerta. Y se detiene.

—¿Puedo verla?

La asistente social frunce el ceño. Lasdun la mira sin entender.

—¿A quién?

Su mente ya está en el siguiente caso, la siguiente familia reticente.

—A Euphemia.

Él se pellizca la nariz, tuerce la muñeca para ojear el reloj. La asistente social y él se miran un instante, y la mujer se encoge de hombros.

—Supongo —suspira Lasdun por fin—. Llamaré para que la acompañen.

Esme piensa en lo peor. Lo más difícil. Lo hace muy pocas veces, pero en ocasiones siente la necesidad, y es uno de esos días en que le parece ver a Hugo. En el límite de su campo visual, una figura pequeña gatea entre las sombras detrás de una puerta, en el espacio bajo la cama. O bien oye su voz aguda en el chirrido de una silla que araña el suelo. No hay forma de saber cómo decidirá Hugo ir a verla.

En la mesa al otro lado de la sala unas mujeres juegan a las cartas, y el *flic-flac* de los naipes se convierte en el ruido del ventilador del techo de la habitación infantil. Es de madera manchada, totalmente ineficaz, por supuesto. Se limita a agitar el aire pesado como haría una cuchara con el té caliente. Giraba encima de ella, batiendo el calor de la habitación. Y ella daba vueltas al pájaro de papel sobre la cuna.

—Mira, Hugo. —Lo hizo volar hacia él y luego hacia arriba, hasta descansar en los barrotes. Pero él no sacaba la mano para intentar cogerlo. Esme lo sacudió de nuevo, cerca de su cara—. Hugo, ¿ves el pájaro?

Los ojos de Hugo lo siguieron, pero luego lanzó un sollozo, apartó la cara y se metió el pulgar en la boca.

—Tiene sueño —declaró Jamila al otro lado de la habitación, donde estaba tendiendo a secar los pañales—, y un poco de fiebre. A lo mejor es por los dientes. ¿Por qué no vas un rato al jardín?

Esme pasó corriendo junto al estanque donde colgaba la hamaca vacía, junto al vellón de flores naranja en torno al baniano. Corrió por el césped del cróquet esquivando los aros, por el camino, entre los matorrales. Saltó la cerca y se detuvo. Cerró los ojos, contuvo el aliento y se puso a escuchar.

Ahí estaba. El llanto, el lento lamento de los árboles del caucho rezumando su fluido. Era como el chasquido de las hojas a un kilómetro de distancia, como el reptar de criaturas diminutas. Le había jurado a Kitty que lo oía, pero ésta había alzado las cejas, incrédula. Esme ladeó la cabeza a ambos lados, todavía con los ojos cerrados, y escuchó el sonido del llanto de los árboles.

Abrió los ojos. Se fijó en la luz del sol que se escindía y se recomponía en el suelo. Reparó en los cortes espirales de los troncos. Volvió corriendo, por encima de la cerca, por el campo de cróquet, en torno al estanque, arrebatada por el júbilo de que no estuvieran sus padres, de tener la casa para ella.

En el salón dio cuerda al gramófono, acarició las cortinas de terciopelo, cambió la disposición de la hilera de elefantes de marfil en la repisa de la ventana. Abrió el costurero de su madre y examinó los hilos de seda de colores. Enrolló la alfombra y pasó mucho rato patinando en calcetines. Descubrió que podía deslizarse desde el baúl de patas de garra hasta el mueble bar. Abrió la vitrina de los libros cerrada con llave y sacó los volúmenes encuadernados en cuero, los olió, tocó las páginas de bordes dorados. Abrió el piano y tocó varias escalas en el teclado. En el dormitorio de su madre examinó las joyas, abrió una polvera y se puso un poco de maquillaje en las mejillas. Cuando se miró en el espejo ovalado su cara seguía llena de pecas, su pelo todavía desgreñado. Esme se apartó.

Subió al pulido pie de la cama de sus padres, abrió los brazos y se dejó caer. El colchón se alzó al recibirla, *buuf*. Cuando la cama dejó de temblar, se quedó tumbada un rato, en un revuelo de faldas, enaguas, pelo. Se mordió una uña frunciendo el entrecejo. Había notado algo.

Se incorporó, volvió a subir al pie de la cama, alzó los brazos, cerró los ojos, cayó sobre el colchón y… ahí. Ahí estaba otra vez. Un dolor, un escozor en dos puntos del pecho, un dolor extraño, exquisito. Se puso boca arriba y bajó la vista. Por debajo del blanco delantal todo estaba como siempre. Alzó una mano y se presionó el pecho. El dolor irradió hacia afuera, como las olas en un estanque. Esme se incorporó, se miró a los ojos en el espejo y se vio la cara, sonrojada y sorprendida.

Paseó por la galería, dando patadas al polvo que se acumulaba todos los días. Le preguntaría a Kitty. Entró en el cuarto infantil, estaba oscuro y fresco. ¿Por qué no estaban encendidas las lámparas? Captó un movimiento en la penumbra, un rumor o un suspiro. Se vislumbraba el blanco apagado de la cuna, el respaldo encorvado del sillón. Avanzó trastabillando en la oscuridad y llegó a la cama antes de lo que esperaba.

—Jamila —llamó, tocándole el brazo. La piel de la *ayah* estaba pegajosa de sudor—. Jamila —repitió.

Ésta dio un ligero respingo, suspiró y masculló algo que contenía el nombre «Esme», y la palabra sonó como siempre que Jamila la pronunciaba: «Ismi.»

—¿Cómo dices? —La niña se inclinó sobre ella.

Jamila murmuró de nuevo una retahíla de sonidos en su propio idioma. Y en aquellas desconocidas sílabas hubo algo que asustó a Esme.

—Voy a buscar a Pran. Ahora vuelvo —dijo, antes de salir corriendo a la galería y empezar a gritar—: ¡Pran! ¡Pran! Jamila está enferma y… —Se detuvo en el umbral de la cocina. Algo ardía y crujía en el fogón y un rayo alargado de luz se filtraba por la puerta trasera—. ¿Hola? —llamó, con la mano en la pared.

Entró. Había sartenes por el suelo, un montón de harina en un cuenco, un cuchillo enterrado en un haz de cilantro. Y un pescado hecho ya filetes. Estaban preparando la cena, pero era como si todos se hubieran marchado un momento o los hubiera tragado la tierra, como gotas de *ghee*.

Dio media vuelta, volvió a cruzar el patio y de pronto cayó en la cuenta de que no había ningún ruido. No se oían las voces de los criados, ni pasos, ni puertas al abrirse o cerrarse. Nada. Sólo el chasquido de las ramas y una contraventana batiendo en sus bisagras. La casa estaba vacía. Se habían marchado todos.

Esme echó a correr por el camino, con los pulmones ardiendo. La oscuridad había caído deprisa y las ramas se veían negras e inquietas en el cielo. La verja estaba cerrada con candado, y más allá se distinguía la densa hierba, perforada por diminutas luces que se movían en las tinieblas.

—¡Oigan! —gritó—. ¡Oigan, por favor!

A lo lejos había un grupo de hombres junto a la carretera. El resplandor de una linterna les iluminaba la cara.

—¡¿Me oyen?! —chilló sacudiendo la verja—. ¡Necesito ayuda! ¡Mi *ayah* está enferma y…!

Los hombres se alejaban murmurando, volviendo la cabeza hacia ella. Esme estaba segura de que uno de ellos era el hijo del jardinero que la paseaba subida a sus hombros.

En el cuarto infantil trasteó con las cerillas y la lámpara. El resplandor se extendió por el suelo y las paredes hasta el techo, resaltando las imágenes de los Evangelios, la trona, la cama de Jamila, el fogón, la mesa donde comían, el estante de libros.

Cuando hubo suficiente luz se acercó a la cuna y con el movimiento le dolieron las piernas, como si llevara demasiado rato sentada. Ya junto a la cuna advirtió que todavía llevaba las cerillas en la mano. Tenía que soltarlas para poder alzar a Hugo, pero no había donde dejarlas, de manera que tuvo que inclinarse para ponerlas en el suelo. Y cuando intentó coger a Hugo, le resultó muy difícil. Tenía que inclinarse y había tantas mantas y sábanas que el cuerpo del niño parecía pesar mucho, y estaba tan frío y tieso que era difícil agarrarlo. Estaba congelado en la postura en que siempre dormía: boca arriba, con los brazos extendidos como buscando un abrazo, como si cayera por los aires.

Más tarde Esme contó que se pasó con él toda la noche en la habitación. Pero no la creyeron.

—Eso es imposible —le decían—. Te quedarías dormida. No te acuerdas.

Pero sí se acordaba. Por la mañana, cuando la luz empezó a filtrarse entre las cortinas, las cerillas seguían en el suelo junto a su pie, y los pañales todavía estaban tendidos junto al fuego. Nunca supo muy bien en qué momento murió Jamila.

La encontraron en la biblioteca, donde se había encerrado.

Recuerda largas horas de silencio. Un silencio más poderoso y absoluto que nada que hubiera imaginado jamás. La luz se desvaneció y resurgió. Los pájaros pasaron entre los árboles como agujas por la tela. La piel de Hugo adquirió un delicado tinte plateado. Cree que sencillamente desconectó, se apagó, como un reloj sin cuerda. Y de pronto su madre estaba allí, chillando y aullando, y la cara de su padre muy cerca de la suya, gritando dónde está todo el mundo, adónde han ido. Llevaba allí varios días, le dijeron, pero a ella le parecía más, décadas, o más todavía, un tiempo infinito, varias eras.

No quería separarse de Hugo. Tuvieron que arrancárselo de los brazos, entre su padre y un hombre que habían traído no sabía de dónde. Su madre se quedó junto a la ventana hasta que todo hubo acabado.

Iris, una enfermera y la asistente social bajan en ascensor. Parecen tardar mucho tiempo. Iris se imagina que deben de estar hundiéndose en el lecho de roca sobre el que se alza la ciudad. Echa un vistazo furtivo a la asistente social, pero ésta tiene la mirada fija en los números iluminados de las plantas. La enfermera lleva en el bolsillo un pequeño dispositivo electrónico. Iris se pregunta para qué servirá, cuando el ascensor se detiene con un ligero salto. Las puertas se abren. Ante ellas se alza un esqueleto de barrotes. La enfermera tiende la mano para marcar un código, pero se vuelve hacia Iris.

—No se aleje —le advierte—. Y no se quede mirando.

Ya están fuera de los barrotes, al otro lado de los barrotes, que se cierran tras ellas, en un pasillo de luces fluorescentes y linóleo marrón rojizo que desprende un penetrante olor a lejía.

La enfermera echa a andar y sus zapatos producen chirridos. Cruzan una serie de puertas batientes, hileras e hileras de habitaciones cerradas con llave, una sala de enfermeras donde impera una luz amarillenta, un par de sillas atornilladas al suelo. En el techo, las cámaras parpadean y giran para verlas pasar.

Iris tarda un rato en comprender qué hay de extraño en ese lugar. No sabe qué esperaba —¿perturbados farfullando cosas ininteligibles?, ¿locos lanzando aullidos?—, pero en cualquier caso nada parecido a ese silencio meditabundo. Todos los hospitales en que ha estado eran un hervidero, se hallaban atestados, los pasillos llenos de gente que andaba, hacía cola, esperaba. En cambio, Cauldstone está desierto, es un hospital fantasma. El verde de las paredes brilla como radio, los suelos están pulidos como espejos. Le gustaría preguntar dónde se ha metido todo el mundo, pero la enfermera ha introducido un código en otra puerta y de pronto se percibe un nuevo olor.

Es fétido, opresivo. Cuerpos que han llevado demasiado tiempo la misma ropa, comida recalentada demasiadas veces, habitaciones donde las ventanas nunca se abren. Atraviesan la primera puerta abierta e Iris descubre un colchón apoyado contra la pared, un sillón cubierto de papel. Aparta la mirada y al otro lado del cristal blindado del pasillo ve un·jardín cerrado. En el suelo de cemento danzan papeles, tazas de plástico y otros desechos. Al volverse cruza la mirada con la asistente social. Iris es la primera en apartarla. Pasan por otra serie de puertas y la enfermera se detiene.

Entran en una habitación con sillas alineadas contra las paredes. Tres mujeres juegan a las cartas en una mesa. Por las altas y estrechas ventanas gotea débilmente la luz solar, y desde el techo murmura un televisor. Iris aguarda debajo de él mientras la enfermera consulta algo con otra. Una mujer con una chaqueta de punto larga y deformada se planta delante de ella, cerca, demasiado cerca. Bascula el peso de un pie al otro.

—¿Tienes un cigarrillo? —pregunta.

Iris la mira un momento. Es joven, más que ella tal vez, las raíces del pelo son negras, pero el resto es de un rubio pajizo.

—No —contesta Iris—. Lo siento.

—Un cigarrillo —la apremia la otra—. Por favor.

—Es que no tengo tabaco, lo siento.

La mujer no responde ni se retira. Iris nota en el cuello su aliento rancio. Al otro lado de la sala, una mujer mayor con un vestido arrugado va de una silla a otra diciendo en voz alta y clara:

—Siempre está cansado cuando viene, siempre cansado, muy cansado, así que he de preparar el té.

Otra mujer está sentada encogida, apretando los puños sobre la cabeza.

Entonces se oye el grito:

—¡Euphemia!

Una enfermera espera en una puerta con los brazos en jarras. Iris sigue su mirada hasta el otro extremo del pasillo, donde ve a una mujer alta, de puntillas ante una ventana elevada, dándoles la espalda.

—¡Euphemia! —grita de nuevo la enfermera. Luego se vuelve hacia Iris con gesto exasperado—. Sé que me oye. Euphemia, tienes visita.

La mujer se vuelve, primero la cabeza, luego el cuello, a continuación el cuerpo. Parece tardar un tiempo extraordinario, y a Iris le recuerda a un animal que saliera de su letargo. Euphemia alza los ojos hacia ella y la mira desde el otro extremo de la habitación. Observa después a la enfermera y de nuevo a Iris. Tiene una mano entrelazada en el enrejado de la ventana. Abre los labios pero no emite sonido alguno y, por un momento, parece que no se decidirá a hablar. Luego carraspea.

—¿Quién eres? —pregunta.

—¡Genial! —interrumpe la enfermera, en voz tan alta que Iris se pregunta si la anciana estará un poco sorda—. No recibes muchas visitas, ¿verdad, Euphemia?

La visitante echa a andar hacia la mujer.

—Soy Iris. —Detrás oye susurrar a la chica del cigarrillo: «Iris, Iris»—. No me conoces. Soy… soy la nieta de tu hermana.

Euphemia frunce el entrecejo. Se observan mutuamente. Iris cae en la cuenta de que esperaba encontrarse con una viejecita frágil o enferma, algo senil, la bruja de un cuento de hadas. Pero esta mujer es alta, tiene el rostro anguloso y unos ojos inquisitivos, cierto aire altivo, una expresión pícara, las cejas enarcadas. Aunque debe de tener más de setenta años, se advierte en ella algo incongruentemente infantil. Se sujeta el pelo a un lado con una horquilla y lleva un vestido de flores con vuelo. No es el atuendo de una anciana.

—Kathleen Lockhart es mi abuela —explica Iris al llegar junto a ella—. Tu hermana. ¿Kathleen Lennox?

La mano que se agarra a la ventana da una ligera sacudida.

—¿Kitty?

—Sí, supongo.

—¿Tú eres la nieta de Kitty?

—Eso es.

Euphemia adelanta la mano sin previo aviso y agarra a la visitante por la cintura. Iris da un respingo y retrocede casi sin querer, antes de volverse buscando a la enfermera o la asistente social. La anciana la suelta de inmediato.

—No te preocupes —la tranquiliza con una curiosa sonrisa—. No muerdo. Siéntate, nieta de Kitty. —Se sienta en una silla y señala la que tiene al lado—. No quería asustarte.

—No estaba asustada.

Euphemia sonríe de nuevo.

—Sí lo estabas.

—Euphemia, yo…

—Esme —la corrige ella.

—¿Cómo?

Euphemia cierra los ojos.

—Me llamo Esme.

Iris mira a las enfermeras. ¿Ha habido un error?

—Si vuelves a mirarlas —advierte Euphemia con voz serena—, aunque sea sólo una vez, vendrán por mí. Me encerrarán sola un día entero, tal vez más, algo que me gustaría evitar por razones que sin duda te resultarán obvias. Te repito que no te haré daño, y te prometo que lo digo de verdad, así que, por favor, no vuelvas a mirarlas.

Iris baja la vista al suelo, a las manos de la mujer que se alisa el vestido sobre las rodillas, a sus propios zapatos.

—Vale. Lo siento.

—Siempre he sido Esme —prosigue la anciana en el mismo tono—. Por desgracia, en mi historial y mis notas sólo se registra mi nombre oficial, que es Euphemia. Euphemia Esme. Pero siempre he sido Esme. Mi hermana —la mujer mira a Iris de reojo— decía que «Euphemia» suena como un estornudo.

—¿Y no les has dicho que te llamas Esme?

La mujer sonríe, observándola fijamente.

—¿Tú crees que me escuchan?

Iris intenta no apartar la vista, pero se encuentra mirando el raído cuello del vestido, los ojos hundidos, los dedos que se aferran a los reposabrazos.

Esme se inclina hacia ella.

—Tendrás que perdonarme —murmura—. No estoy acostumbrada a hablar tanto. Últimamente he perdido la costumbre, y ahora resulta que no puedo parar. Bueno, cuéntame. Kitty tuvo hijos.

—Sí —se sorprende Iris—. Uno. Mi padre. ¿Es que no… no lo sabías?

—¿Yo? No. —Sus ojos chispean mientras recorren la habitación en penumbra—. Como puedes ver he estado apartada mucho tiempo.

—Ha muerto.

—¿Quién?

—Mi padre. Murió cuando yo era pequeña.

—¿Y Kitty?

La mujer del cigarrillo sigue entonando el nombre de la visitante entre dientes, y en algún rincón la otra sigue hablando del hombre cansado y el té.

—¿Kitty? —repite Iris, distraída.

—¿Está…? —Esme se inclina hacia ella, se humedece los labios—. ¿Está viva?

Iris no sabe cómo decirlo.

—Más o menos —contesta precavida.

—¿Más o menos?

—Tiene alzhéimer.

Esme se queda mirándola.

—¿Alzhéimer?

—Es una especie de pérdida de memo...

—Ya sé lo que es.

—Ah, lo siento.

Esme mira un momento por la ventana.

—Van a cerrar esto, ¿verdad? —pregunta de pronto.

Iris vacila y está a punto de mirar a las enfermeras antes de recordar que no debe hacerlo.

—Ellos lo niegan —insiste Esme—, pero es verdad, ¿no?

Iris asiente en silencio.

La anciana le agarra la mano entre las suyas.

—Has venido por mí —dice con apremio—. Por eso has venido.

Iris se fija en su cara. Esme no se parece en nada a su abuela. ¿Es de verdad posible que esta mujer sea pariente suya?

—Esme, hasta ayer ni siquiera sabía de tu existencia, ni siquiera había oído mencionar tu nombre. Me gustaría ayudarte, de verdad...

—¿A eso has venido? Dime sí o no.

—Te ayudaré todo lo que pueda...

—Sí o no.

Iris traga saliva.

—No —contesta por fin—. No puedo. Es que no... no he tenido ocasión de...

Pero Esme retira las manos y vuelve la cabeza. Y en su cambio de actitud hay algo. Iris contiene el aliento porque ha visto que una nube atravesaba su rostro, como una sombra en el agua. Se queda mirándola mucho después de que la impresión desaparezca, mucho después de que Esme se haya levantado, atravesado la sala y desaparecido por una puerta. Iris no puede creerlo. En la cara de Esme, por un instante, ha visto la de su padre.

54

• • •

—No lo entiendo —dice Alex desde el otro lado del mostrador. Es domingo, hora de almorzar, y se ha pasado con Fran por la tienda para llevarle a Iris un bocadillo fantástico de un establecimiento carísimo—. No lo entiendo.

—Alex, ya te lo he explicado cuatro veces. —Está apoyada en el mostrador, toqueteando la fina piel de un guante de ante. La suavidad es curiosamente desagradable, y se estremece—. ¿Cuántas veces tendré que repetírtelo? A ver si te entra en la cabezota.

—Creo que Alex quiere decir que es muy complicado —interviene Fran con voz suave—. Que son muchas cosas para asimilar.

Iris se centra un momento en su cuñada. Toda ella parece monocromática, en una especie de beis claro: el pelo, la piel, la ropa. Está sentada en una de las sillas que Iris ha colocado cerca del probador. Tiene las piernas cruzadas y —¿serán imaginaciones suyas?— la gabardina cerrada como para protegerse. No le gusta la ropa de segunda mano, ya se lo comentó en una ocasión. ¿Y si alguien se murió con ella puesta?, había preguntado. Bueno, ¿y qué?, replicó entonces Iris.

Alex sigue insistiendo en lo de Euphemia Lennox.

—¿Me estás diciendo que nadie sabía de su existencia, ni tú ni tu madre ni nadie?

Iris suspira.

—Pues sí, eso es justamente lo que te estoy diciendo. Según mamá, papá estaba convencido de que la abuela era hija única, y por lo visto la abuela comentaba con frecuencia que no tenía hermanos.

Él da un bocado a su sándwich y habla con la boca llena.

—Entonces, ¿quién te asegura que no se trata de un error de esa gente?

Iris le da la vuelta al guante. Tiene tres botones de nácar en la estrecha muñeca.

—No es un error. Euphemia… —Se interrumpe y mira a su cuñada. Luego se inclina hacia delante, hasta que la frente llega a tocar el cristal frío del mostrador—. Hay papeles —declara, y se incorpora de nuevo—. Documentos legales, pruebas irrefutables. Esa mujer es quien asegura ser. La abuela tiene una hermana, viva y sana, que vive en un manicomio.

—Es tan… —Fran tarda en encontrar la palabra que busca, hasta tiene que cerrar los ojos debido al esfuerzo— tan extraño —concluye por fin, exprimiendo cada vocal—. Que eso pase en una familia. Es muy, muy… —Vuelve a cerrar los ojos, ceñuda, pensando.

—¿Extraño? —apunta Iris. Es una palabra hacia la que alberga una particular antipatía.

—Sí. —Las dos mujeres se miran un momento. Fran parpadea—. No quiero decir que tu familia sea extraña, Iris, es sólo que…

—Tú no conoces a mi familia.

Fran se echa a reír.

—Bueno, conozco a Alex. —Tiende la mano para tocarle la manga, pero él está demasiado apartado, de manera que la mano cae en el espacio que los separa.

Iris no contesta. Quiere decir: ¿Qué sabrás tú? Quiere decir: Yo hice todo el viaje hasta Connecticut para tu boda y a nadie de tu familia se le ocurrió dirigirme ni una palabra, eso sí que es extraño. Quiere decir: Te di como regalo de boda lo que posiblemente sea el vestido escandinavo más bonito de los años sesenta y no te he visto llevarlo ni una sola vez.

Alex tose. Iris se vuelve hacia él. Hay una tensión minúscula, imperceptible, en sus músculos faciales, el atisbo de una ceja enarcada, la ligera caída de la boca.

—La cuestión es —declara Iris, apartando de nuevo la vista— qué voy a hacer yo. Si voy a...

—Eh, un momento. —Alex deja la botella de agua e Iris se eriza ante el tono imperativo—. Esto no tiene nada que ver contigo.

—Sí lo tiene, Alex, es...

—No. Esa mujer es... ¿qué? ¿Una pariente lejana? Y...

—Es mi tía abuela, no me parece tan lejana.

—Ya. Mira, todo este jaleo es culpa de otra persona, de tu abuela en todo caso. No tiene nada que ver contigo. Y tú no deberías hacer nada, ¿me oyes, Iris? Prométeme que no harás nada.

La abuela de Iris está sentada en una butaca de cuero, con los pies apoyados en un taburete y una chaquetita de punto echada sobre los hombros. Al otro lado de la ventana un anciano pasea de un lado a otro del patio, arrastrando los pies, con las manos a la espalda.

Iris está en el umbral. No va a visitarla muy a menudo. De pequeña la llevaban a ver a su abuela una vez a la semana. Entonces le gustaba la vieja casa sombría, el jardín enmarañado. Solía correr por los caminos llenos de musgo y maleza, entrar y salir de la glorieta. Y a su abuela le gustaba tenerla allí, con un vestido bonito, para enseñarla a sus amigos. «Mi Iris —la llamaba—. Mi flor.» Pero cuando Iris llegó a la adolescencia su abuela perdió el entusiasmo por ella.

«Estás espantosa —le dijo una vez, cuando Iris apareció con una falda que se había hecho ella misma—. Ningún hombre decente te querrá si te vas exhibiendo de esa manera.»

—Acaba de cenar ahora mismo —informa la enfermera—. ¿Verdad, Kathleen?

Su abuela alza la cabeza al oír su nombre, pero al no ver a nadie que signifique algo para ella, vuelve a mirarse el regazo.

—Hola. Soy yo, Iris.

—Iris —repite la mujer.

—Sí.

—Mi hijo tiene una niña que se llama Iris.

—Es verdad —confirma Iris—. Soy…

—¡Pues claro que es verdad! —se irrita su abuela—. ¿Te crees que soy tonta?

Iris acerca una silla y se sienta con el bolso en el regazo.

—No. Lo que quería decir es que soy yo. Soy la hija de tu hijo.

Su abuela la mira un largo rato con expresión insegura, casi asustada.

—No digas tonterías —concluye, y cierra los ojos.

Iris mira alrededor. La habitación de su abuela está atestada de muebles antiguos, cubierta por una gruesa moqueta. Las vistas dan al jardín. Una fuente fluye a lo lejos y se distinguen los tejados del barrio antiguo, con una grúa girando en el cielo sobre la ciudad. Junto a la cama hay dos libros. Iris está ladeando la cabeza para leer los títulos cuando su abuela abre los ojos.

—Estoy esperando que alguien me abroche la chaqueta.

—Yo te la abrocho.

—Tengo frío.

Iris se levanta, se inclina sobre ella y tiende la mano hacia los botones.

—¿Qué haces? —chilla su abuela, que se encoge en la silla y le golpea las manos—. ¿Qué haces?

—Ayudarte con la rebeca.

—¿Por qué?

—Tenías frío.

—¿Sí?

—Sí.

—Eso es porque tengo la chaqueta abierta. Necesito que me la abrochen.

Iris vuelve a sentarse y respira hondo.

—Abuela, he venido para preguntarte por Esme.

La anciana se vuelve hacia ella, pero parece distraída por el pañuelo que le asoma por la manga.

—¿Te acuerdas de Esme? —insiste Iris—. Tu hermana.

La mujer tira del pañuelo para sacárselo de la manga, el pañuelo le cae en el regazo. Iris casi espera verla sacar toda una ristra de pañuelos anudados.

—¿He comido ya?

—Sí, y también cenado.

—¿Qué he cenado?

—Carne —se inventa Iris.

Su abuela se enfurece al oírlo.

—¿Carne? ¿Por qué me hablas de carne? —Se vuelve, agitada, para mirar hacia la puerta—. ¿Quién eres? No te conozco.

Iris ahoga un suspiro y mira la fuente.

—Soy tu nieta. Mi padre era...

—No había forma de que soltara al bebé —comenta la abuela.

—¿Quién? —salta Iris—. ¿Esme?

La anciana tiene la vista fija en algo más allá de la ventana.

—Tuvieron que sedarla. No lo soltaba.

Iris procura mantener la calma.

—¿Qué bebé? ¿Te refieres a tu hijo?

—El bebé —insiste su abuela, enfadada, haciendo un gesto desesperado hacia algo—. El bebé, ya sabes.

—¿Eso cuándo fue?

La anciana frunce el entrecejo. Iris intenta no desesperarse; sabe que le queda poco tiempo. Intenta un enfoque diferente:

—¿Dónde estabas cuando pasó eso del bebé?

—Esperando en una habitación. No fue culpa mía. Me lo dijeron luego.

—¿Quién? ¿Quién te lo dijo?

—Alguien.

—¿Alguien?

—La mujer. —La abuela traza una forma indescifrable en torno a su cabeza—. Eran dos.

—¿Dos qué?

La anciana parece distraída. Iris nota que se está hundiendo de nuevo en arenas movedizas.

—¿Quién te dijo lo de Esme y el niño? —insiste la joven, con la esperanza de entenderlo todo antes de que su abuela vuelva a perderse—. ¿De quién era el niño? ¿Era de Esme? ¿Por eso estaba…?

—¿He cenado ya?

En recepción le indican adónde ir. Iris enfila un pasillo que la hilera de luces no consigue iluminar del todo. Sobre una puerta hay una placa: «Archivos», y a través de la distorsión del cristal de acuario se vislumbra una sala grande, forrada de estanterías.

Dentro hay un hombre sentado en un taburete alto, con un archivo ante él. Iris apoya la mano en el mostrador y siente una duda repentina ante su misión. Tal vez Alex tenga razón, tal vez debería olvidarse de aquello. Pero el hombre del mostrador la mira expectante.

—Verá… Estaba buscando los registros de admisión. Peter Lasdun me ha dicho que podía venir.

El hombre se ajusta las gafas y esboza una mueca, como aquejado de un súbito dolor.

—Estos registros son confidenciales.

Iris rebusca en su bolso.

—Aquí tengo una carta que demuestra que soy un familiar. —Hunde más la mano, apartando barras de labios, llaves, recibos. ¿Dónde está la carta que le han enviado por fax esa mañana a la tienda? Sus dedos tocan un papel doblado y lo saca triunfante—. Aquí está. —Desliza la hoja hacia el hombre—. Ésta es la carta.

El hombre se toma su tiempo para examinarla detenidamente y luego mira a Iris.

—¿Qué fecha busca? —pregunta por fin.

—Pues el caso es que no lo sabemos exactamente. Los años treinta o cuarenta.

Él baja del taburete con un largo suspiro.

Los volúmenes son enormes y pesados. Iris ha de levantarse para leerlos. Una epidermis de polvo se ha acumulado en el lomo y el borde superior de las páginas. Abre un tomo al azar y las hojas, quebradizas y amarillentas, muestran mayo de 1941. Una mujer llamada Amy es admitida por un tal doctor Wallis. Amy es viuda de guerra y se le sospecha fiebre puerperal. La lleva su hermano, quien declara que Amy no deja de limpiar la casa. No se menciona ningún niño e Iris se pregunta qué pasó con él. ¿Viviría? ¿Cuidaría de él el hermano, su mujer? ¿Estaría casado el hermano? ¿Salió Amy del hospital?

Iris hojea unas páginas. Una mujer convencida de que la radio los mataría a todos. Una niña que deambulaba todas las noches fuera de casa. Una dama que se empeñaba en agredir a un criado en particular. Una pescadera de Cockenzie que mostraba signos de comportamiento libidinoso e incontrolado. Una hija menor que se fugó a Irlanda con un procurador. Iris está leyendo sobre una tal Jane, que tenía la temeridad de dar largos y solitarios paseos y rechazaba las propuestas de matrimonio, cuando le sobreviene un violento estornudo, y luego otro, y otro, hasta cuatro.

Sorbe por la nariz y busca algún pañuelo en los bolsillos. La sala de archivo parece curiosamente silenciosa después de los estornudos. Mira alrededor. La estancia está vacía, a excepción del hombre del mostrador y otro que examina algo en la pantalla azul de un lector de microfichas. Le resulta extraña la idea de que todas aquellas mujeres estuvieron allí, en ese mismo edificio, que pasaron días y semanas y meses bajo aquel enorme techo. Mientras Iris sigue buscando el pañuelo, se le ocurre que algunas de ellas tal vez continúen allí, como Esme. ¿Estará Jane, la de los largos paseos, en algún lugar entre aquellas paredes? ¿O tal vez la hija que se fugó a Irlanda?

No lleva pañuelos, por supuesto. Vuelve a mirar la montaña de registros de admisión. La verdad es que debería regresar a la tienda. Podría tardar horas, semanas, en encontrar a Esme entre todo ese papeleo. Peter Lasdun le dijo por teléfono que no habían podido localizar la fecha exacta de su admisión. Tal vez debería llamarlo de nuevo, porque tienen que dar con ella. Lo más sensato sería encontrar la fecha y luego volver.

Pero Iris retorna a Jane y sus largos paseos. Retrocede en el tiempo: 1941, 1940, 1939, 1938. La Segunda Guerra Mundial, el inicio de la conflagración, su mera posibilidad como amenaza en la mente de las personas, los hombres aún siguen en sus casas, Hitler no es más que un nombre en los periódicos, jamás se ha oído hablar de bombardeos aéreos y campos de concentración. El invierno se torna otoño, luego verano, luego primavera. Abril lleva a marzo, luego a febrero, y mientras tanto Iris lee sobre personas que se niegan a hablar, sobre ropa sin planchar, discusiones con los vecinos, histeria, sobre platos sin lavar y suelos sin fregar, sobre el rechazo a las relaciones matrimoniales o el deseo excesivo o insuficiente o inapropiado de ellas, o la búsqueda de tales relaciones en otra parte. Lee de maridos al límite de su aguante, de padres incapaces de comprender a las mujeres en que se han convertido sus hijas, padres que insisten una y otra vez en que esa hija antes era una niñita adorable. Hijas que no escuchan. Esposas que un buen día hacen la maleta y se marchan de casa, esposas a las que hay que localizar para llevarlas de regreso.

Cuando Iris vuelve una página y topa con el nombre de Euphemia Lennox, está a punto de pasarlo por alto, porque debe de llevar ya horas con aquello y está tan anonadada por todo que tiene que dominarse, que recordarse que por eso justamente está allí. Alisa el antiguo formulario de admisión de Esme con los dedos.

«Edad: 16 —es lo primero que lee. Luego—: Insiste en dejarse el pelo largo.» Iris lee todo el documento, de principio a fin, y luego lo relee. Termina así: «Los padres declaran haberla encontrado bailando delante de un espejo, vestida con la ropa de su madre.»

Iris llega a la tienda. El perro se vuelve loco de alegría al verla, como si llevara fuera una semana en lugar de unas horas. Ella enciende el ordenador, mira el correo electrónico, abre un mensaje de su madre: «Iris, no hago más que pensar en tu abuela y no recuerdo que jamás mencionara a una hermana —escribe Sadie—. ¿Estás segura de que no se han equivocado?»

Contesta: «Sí, ya te he dicho que es ella.» Y le pregunta qué tiempo hace en Brisbane. Luego contesta a varios emails, borra algunos, pasa por alto otros, anota las fechas de ciertas subastas y mercadillos. Abre su archivo de cuentas.

Pero mientras escribe «factura» y «entrega inicial» y «pendiente», no hace más que divagar, porque en algún rincón de su mente está la imagen de una sala. Es media tarde y una niña se quita las horquillas del pelo. Lleva un vestido demasiado largo para ella, pero es precioso, una prenda de seda que ha visto y deseado y ahora por fin la lleva puesta, como si la abrazara. La tela se adhiere a sus piernas y fluye en torno a sus pies como el agua. Está tarareando una canción sobre ti y la noche y la música, y mientras entona la melodía ella va desplazándose por la sala. Su cuerpo oscila como una rama al viento y sus pies, embutidos en las medias, pasan muy ligeros sobre la alfombra. Tiene la mente tan absorta en la canción y el fresco rumor de la seda que no oye a la gente que sube la escalera, no oye nada. No tiene ni idea de que en un par de minutos la puerta se abrirá de golpe y ellos aparecerán en el umbral, mirándola. La niña oye la música y siente el vestido. Eso es todo. Sus manos se mueven por su cuerpo como pajaritos.

Peter Lasdun cruza el aparcamiento de Cauldstone forcejeando por ponerse la gabardina. Soplan fuertes ráfagas de viento del fiordo de Forth. Consigue meter un brazo, pero la otra manga aletea y vuelve la gabardina del revés, de modo que el forro de cuadros escarlata ondea como una bandera en el aire salobre.

Mientras se esfuerza por someter la prenda a su voluntad oye que alguien lo llama por su nombre. Se vuelve y ve a una mujer que se apresura hacia él. Tarda un momento en identificarla: es la tal Lennox, Lockhart o como se llame, y va acompañada de un perro monstruosamente grande. Peter retrocede un paso. No le gustan los perros.

—¿Puede decirme qué les va a pasar ahora? —pregunta ella, echándosele encima—. ¿Qué le va a ocurrir a esa gente?

Él suspira. Pasan diez minutos de la hora, su mujer estará abriendo el horno para echar un vistazo a su cena, el aroma de la carne y las verduras llenará la cocina. Confía en que sus hijos estén haciendo los deberes en su cuarto. Él debería estar en el coche, en la carretera, no atrapado en un ventoso aparcamiento con aquella mujer.

—¿Puedo sugerirle que pida otra cita?

—Yo sólo quiero hacer una pregunta, una pregunta rápida. —La mujer esboza una sonrisa que deja al descubierto unos dientes bonitos—. No le retendré, lo acompaño a su coche.

—Muy bien. —Ceja en sus empeños con la gabardina y la deja aletear en torno a sus tobillos.

—Bueno, ¿qué va a ser ahora de Esme?

—¿Esme?

—Euphemia. En realidad, sabe usted… —Iris esboza de nuevo aquella sonrisa—. Da igual. Me refería a Euphemia.

Peter abre el portaequipajes para guardar el maletín.

—Los pacientes cuya familia no pueda hacerse cargo de ellos —está viendo el documento de la póliza mentalmente y lo lee en voz alta— pasarán a ser responsabilidad del Estado y serán realojados consecuentemente.

Iris lo mira ceñuda y el labio inferior forma un puchero.

—¿Eso qué significa?

—Que la alojarán en otro sitio. —Cierra el maletero y se encamina a la puerta del coche, pero la mujer lo sigue.

—¿Dónde?

—En algún establecimiento estatal.

—¿Otro hospital?

—No. —Suspira de nuevo. Sabe que aquello no será rápido—. Euphemia está preparada para recibir el alta. Ha pasado por los Programas de Adaptación y Rehabilitación, y está en lista de espera para una residencia de ancianos, de manera que la transferirán allí, me imagino, en cuanto haya una plaza disponible. —Se sienta al volante y mete la llave en el contacto. Seguramente con aquello bastará para librarse de esa mujer.

Pero no. Iris se inclina sobre la puerta abierta del coche y el perrazo asoma el morro en dirección a Peter, husmeando.

—¿Y eso cuándo ocurrirá?

Él la mira. Hay algo en ella que lo cansa: su insistencia, su obstinación.

—¿De verdad quiere saberlo? Pues podríamos estar hablando de semanas, incluso meses. No se imagina la presión que sufren esas instituciones: fondos insuficientes, escasez de personal, pocas plazas para atender la demanda. Está previsto que Cauldstone se cierre dentro de cinco semanas, señorita Lockhart, y si le dijera que…

—¿Y no irá a ningún otro sitio mientras tanto? No puede quedarse aquí. Tiene que haber otro lugar. Yo… yo sólo quiero que la saquen de aquí.

Peter toquetea el retrovisor, inclinándolo adelante y atrás, incapaz de obtener una visión satisfactoria.

—En casos similares al de Euphemia, se ha trasladado a los pacientes a un alojamiento provisional hasta que se ha encontrado una plaza más permanente. Pero, como profesional, yo no lo recomendaría.

—¿Qué es eso de un alojamiento provisional?

—Pues un Programa de Internamiento a Corto Plazo, un hogar, un asilo, algo así.

—¿Y eso cuándo podría ser?

Peter tira de la puerta. Ya está harto. ¿Es que esa mujer no piensa dejarlo en paz?

—En cuanto encontremos medio de transporte —le espeta.

—Yo la llevo —replica Iris sin vacilar—. La llevo yo misma.

Iris yace de costado con un libro en la mano. Luke tiene el brazo en torno a su cintura y ella nota su aliento en el cuello.

La mujer de Luke ha ido a ver a su hermana, así que él se queda toda la noche por primera vez. Iris no suele dejar que los hombres pasen la noche en su cama, pero Luke la llamó justo cuando había en la tienda un montón de clientes, y en esas circunstancias no disponía de tiempo ni intimidad para discutir el asunto.

Vuelve una página. Luke le acaricia el brazo, le da un beso tentativo en el hombro. Iris no responde. Él suspira, se pega más a ella.

—Luke. —Iris se lo quita de encima.

Él empieza a besarle el cuello.

—Luke, estoy leyendo.

—Ya lo veo —murmura él.

Iris gira otra página. Luke la abraza con más fuerza.

—¿Sabes lo que pone aquí? Que antes cualquiera podía meter a su hija o a su mujer en un manicomio sólo con la firma de un médico de cabecera.

—Iris…

—Imagínate. Podías librarte de tu esposa si te hartabas de ella. O de tu hija si no te obedecía.

Luke intenta coger el libro.

—¿Quieres dejar de leer esas cosas tan deprimentes y hablar conmigo?

Ella vuelve la cabeza para mirarlo.

—¿Hablar contigo?

Él sonríe.

—Hablar, o lo que te apetezca.

Iris cierra el volumen, se gira sobre su espalda y mira el techo. Luke le alisa el pelo, mientras apoya la cara sobre su hombro y mueve las manos sobre su cuerpo.

—¿Cuándo fue tu primera vez? —pregunta ella de pronto—. ¿Qué edad tenías?

—¿La primera vez que qué?

—Ya sabes, la primera vez.

Él le besa la mejilla, la sien, la frente.

—¿Tenemos que hablar de eso ahora?

—Sí.

Luke suspira.

—Muy bien. Fue con una chica que se llamaba Jenny. Yo tenía diecisiete años y lo hicimos en una fiesta de Nochevieja, en casa de sus padres. Hala. ¿Contenta?

—¿Dónde? —insiste Iris—. En casa de sus padres pero dónde.

Luke esboza una sonrisa.

—En su cama.

—¿En la cama de sus padres? —Ella tuerce el gesto—. Espero que tuvierais la decencia de cambiar las sábanas. —Se sienta y cruza los brazos—. ¿Sabes? No puedo dejar de pensar en el sitio ese.

—¿Qué sitio?

—Cauldstone. ¿Te figuras lo que debe de ser pasar casi toda la vida en un sitio así? Yo ni siquiera me imagino lo que puede ocurrir si te encierran cuando todavía eres...

Sin previo aviso, Luke la agarra y la pone de costado.

—Tú sólo te vas a callar de una manera. —Está desapareciendo bajo el edredón, bajando por su cuerpo. Su voz llega hasta Iris—: ¿Con quién fue tu primera vez?

Ella libera un mechón de pelo bajo su cabeza, reajusta la almohada.

—Lo siento, pero eso es información confidencial.

Luke emerge entre las sábanas.

—¡Venga ya! —protesta—. Eso no es justo. ¡Yo te lo he contado!

Ella se encoge de hombros, impasible. Él la agarra por el torso.

—Pues tendrás que decírmelo. ¿Lo conozco?

—No.

—¿Eras obscenamente joven?

Ella niega con la cabeza.

—¿Ridículamente mayor?

—No. —Iris tiende la mano, toca la pantalla de la lámpara en la mesilla, vuelve a retirar la mano. La pone sobre el bíceps de Luke y examina la piel de ese punto, donde el blanco del hombro se une a la piel más morena del brazo. Piensa: mi hermano. Piensa: Alex. El deseo de contarlo aletea, resurge, luego se desvanece. No se imagina lo que diría Luke, cómo reaccionaría.

Él le aprieta los hombros, todavía insistiendo:

—Dímelo, tienes que decírmelo.

Iris se aparta, dejando caer la cabeza de nuevo en la almohada.

—No.

Estaban saliendo de Bombay. El barco vibraba y gemía bajo ellos y en el muelle se arremolinaba la gente ondeando banderines. Esme sostenía el pañuelo entre dos dedos mientras lo observaba flamear y oscilar en la brisa.

—¿A quién saludas? —preguntó Kitty.

—A nadie.

Esme se volvió hacia su madre, que estaba junto a ella en la barandilla. Se sostenía el sombrero con una mano. Su piel había adquirido un aspecto tenso y estirado, y tenía los ojos hundidos en las cuencas. La muñeca que sobresalía de los puños de encaje era delgada, con el reloj de oro rodeándola holgadamente. Un impulso llevó a Esme a tocar esa muñeca, ese hueso, a deslizar un dedo entre la piel y los eslabones de la cadena del reloj.

Su madre cambiaba el peso de un pie a otro y movió un instante la cabeza como para ver quién estaba junto a ella. Tendió la mano en un movimiento convulso, como obedeciendo a unos hilos, dio dos rápidos golpecitos a Esme en la mano y se la apartó.

Kitty la vio marchar, Esme no. Ella clavó la mirada en el muelle, en las banderas, en las enormes balas de tela que iban cargando en el barco. La mayor enlazó el brazo con el de su hermana, y ésta se alegró de su calor y apoyó la cabeza en su hombro.

Dos días después el barco comenzó a oscilar, ligeramente al principio, luego a bambolearse. Los vasos se deslizaban sobre los manteles, la sopa se derramaba de los platos. La línea del horizonte zigzagueaba por los ojos de buey y el agua se lanzaba en rociadas contra el cristal. La gente corría a sus camarotes, tambaleándose, cayéndose, mientras el navío se sacudía bajo sus pies.

Esme observó el mapa colgado en la pared de la sala de juegos, con el rumbo marcado con una línea roja. Estaban en medio del mar Arábigo. Lo dijo en voz alta mientras volvía por el pasillo aferrada a la barandilla para no caerse: «Arábigo» y «mar» y «tormenta». «Tormenta» era una palabra estupenda, a medio camino entre «torta» y «menta», a medio camino entre «torre» y «mente», o entre «torno» y «lenta».

La tripulación se afanaba por las cubiertas mojadas, gritándose unos a otros. Todos los demás se habían desvanecido. Esme estaba en la sala de baile desierta cuando un asistente pasó a toda prisa diciendo:

—¿No lo notas?

Esme se giró.

—¿El qué?

—El mareo.

La niña lo pensó, hizo inventario de todo su ser buscando señales de malestar, pero no encontró nada. Se sintió vergonzosa, exuberantemente sana.

—No —contestó.

—Pues qué suerte —replicó el hombre, sin detenerse—. Es un don.

El camarote de sus padres estaba cerrado con llave. Al pegar la oreja a la puerta se oían toses, llantos. Kitty, en su camarote, estaba tirada en la cama con la cara tan blanca como un fantasma.

—Kit. —Se inclinó sobre ella y de pronto sintió pánico de que su hermana estuviera enferma, de que pudiera morir. La agarró del brazo—. Kit, soy yo. ¿Me oyes?

La mayor abrió los ojos, la miró un instante y volvió la cara hacia la pared.

—No soporto ver el mar —murmuró.

Esme le llevó agua, le leyó en voz alta, vació el orinal. Colgó una enagua sobre el ojo de buey para que Kitty no tuviera que ver el mar tan agitado. Y cuando la enferma se durmió, la pequeña se aventuró a salir. Las cubiertas estaban desiertas, vacíos los salones y comedores. Aprendió a inclinarse del lado del bamboleo cuando el barco se movía bajo ella como un caballo cuando salta una valla. Jugó a los aros, lanzándolos uno a uno hacia el palo. Le gustaba mirar, con los codos clavados en la borda, la estela de espuma que dejaba el barco, observar las olas grises sobre las que iban pasando. A veces se acercaba alguien de la tripulación para echarle una manta por los hombros.

La segunda semana fue apareciendo más gente. Esme se encontró con una pareja de misioneros que volvían a un lugar llamado Wells-next-the-Sea.

—Está junto al mar —explicó la señora.

Esme sonrió pensando que tenía que acordarse de aquello para contárselo más tarde a Kitty. Vio que ambos miraban la cinta negra que llevaba en el brazo y que apartaban la vista. Le hablaron de la enorme playa que se extendía más allá de la ciudad, le contaron que Norfolk estaba lleno de casas hechas con piedras. Nunca habían estado en Escocia, dijeron, pero habían oído que era muy bonita. La invitaron a limonada y se sentaron con ella en las hamacas de cubierta mientras se la tomaba.

—Mi hermano pequeño murió de tifus —dijo Esme, sorprendiéndose a sí misma, mientras hacía girar el hielo del vaso.

La mujer se llevó la mano al cuello, luego le tocó el brazo. Le dijo que lo sentía mucho. Esme no mencionó que su *ayah* también había muerto, ni que habían enterrado a Hugo en el jardín de la iglesia del pueblo, y que eso la inquietaba, haberlo dejado atrás en la India mientras todos ellos se marchaban a Escocia, o que su madre no hubiese vuelto a mirarla o dirigirle la palabra desde entonces.

—Yo no me morí —anunció Esme, porque aquello todavía la pasmaba, incluso la mantenía despierta en su estrecha litera—. Aunque también estaba allí.

El hombre carraspeó y miró hacia la línea verdosa que, según le había dicho a Esme, era la costa de África.

—Tú sobreviviste por un propósito. Un propósito especial.

Esme alzó la vista de su vaso vacío y lo miró maravillada. Un propósito. Tenía por delante un propósito especial. El alzacuellos del hombre era de un blanco relumbrante contra la piel morena de su cuello. Tenía la boca fija en un gesto serio. Dijo que rezaría por ella.

Para Esme, la primera visión de lo que sus padres llamaban «casa» fueron las llanuras de Tilbury perfilándose en un sombrío y húmedo amanecer de octubre. Ambas hermanas estaban esperando en cubierta, forzando la vista en la niebla. Esperaban encontrar las montañas, lagos y cañadas que habían visto en la enciclopedia al buscar «Escocia», y aquellos pantanos brumosos fueron una decepción.

El frío era increíble. Parecía arrancarles la piel de la cara, helarla hasta los huesos. Cuando su padre les advirtió que todavía haría más frío, sencillamente no lo creyeron. En el tren hacia Escocia —porque resultó que aquello no era Escocia después de todo, sino sólo la costa de Inglaterra—, Esme y Kitty se estorbaban mutuamente en el servicio mientras intentaban ponerse toda la ropa que tenían, una prenda encima de otra. Su madre se pasaba todo el día con un pañuelo pegado a la cara. Esme llevaba encima cinco vestidos y dos rebecas cuando llegaron a Edimburgo.

Tuvieron que tomar un coche o un tranvía desde Waverley, piensa Esme, aunque no está muy segura. Recuerda fugaces visiones de edificios altos y oscuros, o velos de lluvia, luz de gas reflejada en adoquines mojados, pero aquello pudo ser más tarde. Los recibió en la puerta de una enorme casa de piedra una mujer con un delantal.

—*Ocht* —les dijo, «*ocht*», y luego que pasaran, o algo así. Les tocó la cara y el pelo a las hermanas, diciendo cosas como «niñas» y «jovencitas» y «guapas».

Primero Esme pensó que sería la abuela, pero luego vio que su madre sólo ofrecía a esa mujer la punta de los dedos a modo de saludo.

La abuela esperaba en el salón. Llevaba una falda negra que llegaba hasta el suelo, y se movía como si fuera sobre ruedas. Esme cree que nunca le vio los pies. Ofreció la mejilla a su hijo para recibir un beso y luego contempló a Esme y Kitty a través de unos quevedos.

—Ishbel —dijo dirigiéndose a su madre, que de pronto estaba muy erguida y muy alerta junto a la chimenea—, habrá que hacer algo con la ropa.

Esa noche ambas niñas se acurrucaron una junto a la otra, tiritando, en una enorme cama. Esme habría jurado que tenía frío hasta en el pelo. Se quedaron tumbadas un rato, esperando que el calor de la botella de agua caliente se filtrara en sus calcetines, al tiempo que escuchaban los ruidos de la casa, la respiración de la otra, el paso de un caballo en la calle.

Esme aguardó un momento y pronunció una sola palabra en la oscuridad:

—*Ocht*.

Kitty estalló en carcajadas y Esme notó la cabeza de su hermana contra el hombro.

—*Ocht* —repitió una y otra vez, entre espasmos de risa—. *Ocht, ocht, ocht*.

La puerta se abrió y apareció su padre.

—Silencio, las dos. Vuestra madre intenta descansar.

… cortar acebo esa tarde con un cuchillo de cocina. Yo no quería, me daba miedo que las espinas me arañaran la piel (llevaba ya semanas metiendo las manos en remojo con agua caliente y limón, por supuesto, como todo el mundo). Pero ella me lo quitó diciendo: No seas tonta, ya lo corto yo. Tú te vas a estropear el vestido, contesté, y mamá se va a enfadar. Pero a ella no le importó. A Esme nunca le importaba. Y se lo estropeó, claro, y madre se enfadó con las dos cuando volvimos. Tú eres responsable aunque Esme no lo sea, me espetó. Eres responsable porque tu hermana no lo es. Y tuvimos que llevárnoslo en nuestra siguiente visita a la señora MacPherson. La señora Mac, como le gustaba que la llamaran, había hecho el vestido que me había puesto esa tarde. Era el vestido más bonito que se pueda una imaginar. Fui a probármelo tres veces, porque tenía que salir perfecto, decía madre. Organdí blanco con ribetes en azahar. A mí me aterraba que se rompiera con el acebo, así que el ramo lo llevaba Esme, andando con mucho cuidado por el hielo, porque nuestros zapatos eran muy finos. Su vestido era extraño: ella no quería el organdí, lo quería en rojo, escarlata fue la palabra que utilizó. Terciopelo. Yo quiero terciopelo escarlata, le dijo a la señora Mac allí de pie junto a la chimenea. De eso nada, replicó madre desde el sofá. Eres la nieta de un abogado, no una corista. Y como pagaba ella, Esme tuvo que conformarse con una especie de tafetán burdeos. Color vino, lo llamó la señora Mac, con lo cual creo que ella se sintió…

… el vino está en las jarras de cristal tallado sobre la mesa detrás del sofá, regalo de bodas de un tío. Al principio me gustaban, pero son endiabladas, con perdón, para limpiarles el polvo. Hay que utilizar un cepillo pequeño, un cepillo de dientes viejo y blando o algo parecido, para entrar en todas las hendiduras. Yo preferiría quitármelas de encima, la verdad, dárselas a un miembro más joven de la familia, pongamos por caso, con ocasión de alguna boda, y serían un buen regalo, pero a él le gustan. Se toma una copa en la cena, sólo una, dos los sábados por la noche, y yo tengo que llenar la copa sólo hasta la mitad, según me ha dicho, porque el vino tiene que respirar. Y yo contesté que no había oído una tontería más grande en toda mi vida, que el vino no puede respirar, so tonto. Esto último lo dije entre dientes, claro, porque no quería…

… y madre le dijo que tenía que cortarse el pelo, todo, hasta la barbilla. Pero Esme se negaba. Madre sacó del armario de la cocina el cuenco del pudin y a Esme no se le ocurrió otra cosa que arrebatárselo y estrellarlo contra el suelo, donde se hizo añicos, claro. Es mi pelo, gritó, y lo llevaré como quiera. Bueno. Madre estaba tan furiosa que no podía ni hablar. Ya verás cuando llegue tu padre a casa, dijo por fin con voz gélida. Fuera de mi vista, vete al colegio. El cuenco hecho añicos sobre las losas de piedra. Madre intentó…

… yo no iba a ir al colegio. No estaba bien visto, una niña de mi edad. Tenía que quedarme y ayudar en la casa, ir a hacer recados con madre. Al cabo de poco tiempo, me decía, yo también estaría casada y tendría una casa propia. Sobre todo siendo tan guapa, me dijo. De manera que me llevaba a ver a sus conocidos, íbamos a tomar el té y a fiestas de golf y reuniones de la iglesia y cosas así, y madre invitaba a chicos jóvenes a casa. Hubo un tiempo en que quise hacer un curso de secretariado. Pensé que se me daría bien escribir a máquina y podía haber atendido el teléfono, porque tenía una voz bonita, o eso me parecía, pero mi padre sostenía que lo correcto era…

… cuando me marché pensé en la cama, nuestra cama, vacía todas las noches. A ver, no me entiendas mal, yo me alegraba de haberme casado. Muchísimo. Y tenía una casa preciosa. Pero a veces quería volver, acostarme en la cama que habíamos compartido, estar allí, en su lado, donde ella se acostaba siempre, y contemplar el techo, pero claro…

¿… qué le hacía tanta gracia de la señora Mac? Ya no me acuerdo. Pero algo era, y Esme siempre procuraba que lo dijera cuando estábamos allí. Yo acababa siempre con dolores de tanto contener la risa. Madre se enfadaba. Tienes que comportarte, Esme, ¿me oyes?, solía advertir nada más llegar a la puerta de la modista. La señora Mac siempre tenía la boca llena de alfileres, y teníamos que subirnos a un taburete bajo para que nos ajustara la ropa. A mí me encantaba. Esme lo odiaba, por supuesto. A ella le costaba más estar allí de pie quieta. Nunca es tan bonito como te imaginas que va a ser, dijo cuando le terminaron el vestido color vino. De eso sí me acuerdo. Estaba sentada en la cama con la caja delante, alzando el vestido por la cintura. Las costuras no están derechas, comentó, y yo miré y era verdad, no estaban derechas, pero le dije: Claro que sí, están bien, y tendrías que haber visto la mirada que me echó…

… mucho frío. Estoy helada. Tengo que decir que no sé muy bien dónde estoy. Pero no quiero que nadie lo sepa, de manera que me quedaré aquí sentada y tal vez alguien…

… lo que yo llamo un botón. Eso era. Eso le encantaba, más que cualquier otra cosa; ponía aquella voz, cogía algo, siempre algo de lo más corriente, y decía: Bueno, esto es lo que yo llamo una cuchara, esto es lo que yo llamo una cortina; porque la señora Mac te miraba mientras estabas ahí subida en el taburete y decía: Bueno, aquí voy a poner lo que yo llamo un botón. Madre se enfadaba muchísimo, porque las dos nos moríamos de risa. No os burléis de los menos afortunados que vosotras, nos reprendía con la boca fruncida. Pero a Esme le encantaba cómo decía aquello la señora Mac, y yo sabía que siempre lo esperaba, cada vez que íbamos, y eso me ponía muy…

… alguien en la habitación. Hay alguien en la habitación. Una mujer con una blusa blanca. Está cerrando las cortinas. Quién eres, le pregunto, y ella se vuelve. Soy tu enfermera, dice, ahora duérmete. Yo miro la ventana. Lo que yo llamo una ventana, digo, y me echo a reír y…

Cuando Iris llega a Cauldstone, la asistente social o Asistente Primordial, o lo que quiera que sea, está esperándola en el vestíbulo. Una ordenanza las acompaña por un pasillo hasta una habitación, donde Esme está de pie junto a un mostrador, con el puño apoyado en él. Se vuelve bruscamente y mira a Iris de arriba abajo.

—Han ido por mi caja.

Nada de hola, piensa Iris, nada de cómo estás, nada de gracias por venir a buscarme. Nada. ¿La habrá reconocido?, se pregunta. ¿Sabe Esme quién es ella? No tiene ni idea.

—¿Tu caja? —pregunta.

—La caja de admisión —apunta la ordenanza—. Todas las cosas que traía al llegar, que no sé cuándo sería. ¿Cuánto tiempo ha pasado, Euphemia?

—Sesenta y un años, cinco meses, cuatro días —entona Esme con clara voz de *staccato*.

La ordenanza suelta una risita, como el dueño de un perro que acaba de realizar su truco favorito.

—Lleva la cuenta todos los días, ¿verdad, Euphemia? —Menea la cabeza y baja la voz a un susurro—. Entre usted y yo —le dice a Iris—, tendrán suerte si encuentran esa caja. Dios sabe qué habrá allí. No ha parado de hablar en toda la mañana. Me sorprende que no se acuerde de nada, con la cantidad de…

La mujer se interrumpe. Acaba de aparecer un hombre vestido con un mono, cargado con una abollada caja de latón.

—Las sorpresas nunca terminan. —La ordenanza se echa a reír, dándole un codazo a Iris.

Ésta se levanta para acercarse a Esme. La mujer trastea con la cerradura de la caja. La joven levanta el pestillo y la anciana alza la tapa. Del interior emana un olor a moho, como a libros viejos, y Esme mete la mano. Saca un zapato marrón de cordones, con el cuero resquebrajado y arrugado, una prenda de ropa indeterminada de desvaídos cuadros azules, un pañuelo con la inicial E bordada con irregulares puntadas, un peine de carey, un reloj.

La interna alza cada objeto un segundo y lo desecha. Trabaja deprisa, concentrada, sin fijarse en las otras dos mujeres. Iris se agacha para recoger el reloj que ha caído al suelo y ve que las manillas están paradas en las doce y diez. Se pregunta si sería del mediodía o la medianoche. La anciana mira el interior de la caja y luego echa un vistazo a los objetos desechados.

—¿Qué pasa? —pregunta Iris.

Esme se arroja sobre el montón de cosas y empieza a rebuscar entre ellas, lanzándolas por los aires.

—¿Qué estás buscando? —La joven le ofrece el reloj—. ¿Es esto?

La mujer se incorpora, ve el reloj y niega con la cabeza. Alza el paño azul: es un vestido arrugado de lana, le faltan dos botones arrancados de la tela. Lo sacude como si hubiera algo atrapado en sus pliegues, luego lo tira también.

78

—No está aquí —concluye. Mira a Iris y luego a la ordenanza, a la asistente social, al hombre que ha traído la caja—. No está aquí —repite.

—¿El qué? ¿Qué es lo que falta? —pregunta Iris.

—Tiene que haber otra caja. ¿Podría buscármela? —le pide al hombre.

—Sólo hay ésta —responde él—. No he visto nada más.

La anciana está a punto de echarse a llorar. Iris le toca el brazo.

—¿Qué falta?

Esme respira hondo.

—Un... una prenda de ropa. —Abre las manos, como imaginándola entre ellas—. Verde... tal vez de lana.

Los cuatro se quedan mirándola un momento. La ordenanza emite un ruidito impaciente, el hombre se dispone a marcharse.

—¿Está seguro de que no la tienen? —pregunta Iris. Se acerca a la caja y la examina. Luego recoge los objetos uno por uno. La anciana la contempla con expresión tan esperanzada, tan desesperada, que la joven no puede soportar comprobar que allí no hay ninguna prenda verde.

La interna se sienta en una silla con los hombros vencidos, la vista perdida, mientras Iris firma un formulario, mientras la ordenanza le da la dirección del hogar al que ha accedido a llevar a Esme, mientras la asistente social le dice a ésta que irá a verla en un par de días para ver cómo le va, mientras la joven dobla el vestido azul y envuelve dentro el zapato, el pañuelo y el reloj.

Cuando salen al sol, Iris se vuelve hacia la anciana. Esme se pasa el dorso de la mano por la mejilla en un gesto de cansancio resignado. No contempla el sol ni los árboles ni el camino delante de ellas. Aferra en la mano el peine de carey. Cuando terminan de bajar la escalera, se vuelve hacia Iris con expresión de absoluto desconcierto.

—Dijeron que estaría ahí. Me prometieron que me lo guardarían.

—Lo siento —dice Iris, porque no sabe qué más decir.

—Yo lo quería. Lo quería. Y me lo prometieron.

Esme se inclina para tocar el salpicadero. Está caliente del sol y vibra ligeramente. El coche pasa por los baches del camino particular, empujándola hacia atrás en el asiento.

De pronto se da la vuelta. Cauldstone se aleja de ella como si alguien tirara del edificio con una cuerda. Desde esa distancia las paredes amarillas parecen sucias y emborronadas, y las ventanas no reflejan otra cosa que el cielo. Figuras diminutas se afanan de un lado a otro a su sombra.

Esme mira a la mujer que conduce. Tiene el pelo cortado hasta la nuca, un anillo de plata en el pulgar, una falda corta y zapatos rojos atados en torno a los tobillos. Frunce el ceño y se muerde la mejilla por dentro.

—Tú eres Iris —le dice. Lo sabe, pero quiere asegurarse. Al fin y al cabo, esa persona se parece curiosamente a su madre.

La joven la mira con una expresión… ¿qué? ¿Enfadada? No. Preocupada, tal vez. La anciana se plantea por qué estará preocupada. Piensa en preguntárselo, pero al final no lo hace.

—Sí, eso es.

Iris, Iris. Esme repite el nombre para sus adentros, formando las letras en la boca. Es una palabra suave, casi secreta, apenas hace falta mover la lengua. Piensa en pétalos azul violeta, el musculoso círculo del ojo.

La joven habla de nuevo.

—Soy la nieta de Kitty. Vine a verte el otro…

—Sí, sí, ya lo sé.

La anciana cierra los ojos, tamborilea tres series de tres sobre la mano izquierda, rebusca en su mente algo que la salve, pero no encuentra nada. Vuelve a abrir los ojos a la luz, a un lago, a los patos y cisnes, muy cerca, tan cerca que le parece que si se asoma por la ventanilla podrá pasar la mano por las esbeltas alas, acariciar la superficie del agua fría del lago.

—¿Has salido alguna vez? —pregunta la mujer—. Quiero decir, desde que entraste en…

—No. —Esme manipula el peine que tiene en la mano. Por detrás se ve cómo están pegadas las piedrecitas en los huecos practicados en el carey. Se le había olvidado.

—¿Nunca? ¿En tanto tiempo?

Esme le da la vuelta otra vez para ponerlo del derecho.

—En mi pabellón no había pases de salida —contesta—. ¿Adónde vamos?

La mujer se agita en el asiento. Iris. La joven toquetea un espejo colgado del techo del coche. Lleva las uñas pintadas del mismo verde esmeralda de los élitros de algunos escarabajos.

—Te llevo a un hogar. No estarás allí mucho tiempo, sólo hasta que te encuentren plaza en una residencia.

—Me voy de Cauldstone.

—Sí.

Esme lo sabe. Lo sabe desde hace algún tiempo, pero no pensaba que llegaría a ocurrir.

—¿Qué es un hogar?

—Pues es como… un sitio para dormir. Para… para vivir. Habrá muchas mujeres.

—¿Es como Cauldstone?

—No, no, ni mucho menos.

Esme se arrellana en el asiento, se coloca bien el bolso en el regazo, mira por la ventana un árbol con hojas tan encarnadas que parecen en llamas. Hace un rápido repaso a cosas que tiene en la cabeza: el jardín, Kitty, el barco, el sacerdote, su abuela, aquel pañuelo. Su abuela, decide, y los grandes almacenes.

Su abuela ha dicho que las llevará a la ciudad. La preparación para la expedición lleva la mayor parte de la mañana. Esme está lista después del desayuno, pero por lo visto la abuela tiene que escribir unas cartas, luego ha de hablar con la doncella acerca del té, después la amenaza de una jaqueca arroja una sombra sobre la excursión, luego hay que hacer y dejar secar una tintura, después hay que utilizarla y esperar a ver sus efectos. Ishbel está «descansando», les ha dicho su abuela, y que estuvieran «calladas como tumbas». Ambas hermanas han paseado por los senderos del jardín hasta quedarse tan heladas que ya no sentían los pies, han ordenado su habitación, se han cepillado mutuamente el pelo, cien pasadas cada una, tal como les ha indicado su abuela, y ya no se les ocurría nada más que hacer. Esme ha sugerido una visita clandestina a las plantas superiores (ha visto una escalera que sube y ha oído a la doncella hablar de un desván), pero Kitty, tras un momento de reflexión, ha dicho que no. De manera que ahora la pequeña se sienta con la espalda encorvada al piano y toca algunas escalas menores con una mano. Kitty, en una butaca junto a ella, le suplica que pare.

—Toca algo bonito, Es. Toca esa que hace laaa-la.

Esme sonríe, endereza la espalda, alza las manos y las baja en el primer acorde enfático del *Scherzo en Si bemol menor* de Chopin.

—Creo que nunca vamos a ir —comenta durante un descanso, negando con la cabeza.

—No digas eso —gime Kitty—. Sí que iremos. He oído decir a la abuela que no podía soportar la vergüenza de vernos vestidas como mendigas.

Esme resopla.

—Sí, menuda vergüenza —masculla, descargando los dedos en los sonoros acordes—. Pues no sé si me va a gustar Edimburgo, si resulta que es una vergüenza no llevar abrigo.

A lo mejor deberíamos huir al continente. A París tal vez, o…

—Puede que nunca salgamos de esta casa, así que mucho menos…

En ese momento se abre la puerta y su abuela aparece en el umbral, resplandeciente con su abrigo de piel, con un enorme bolso en una mano.

—¿Qué es ese estruendo espantoso? —pregunta.

—Es Chopin, abuela —contesta Esme.

—Pues suena como si el diablo hubiera entrado por la chimenea. No pienso permitir semejante ruido en mi casa, ¿me oyes? Y vuestra pobre madre intenta descansar. Bien, ya podéis ir a prepararos, niñas: salimos en cinco minutos.

La abuela anda tan deprisa que las niñas tienen que ir al trote para no quedarse atrás. Se pasa todo el camino mascullando entre dientes, sobre los diversos vecinos con que se cruzan, que parece que va a llover, que es una pena que Ishbel no haya podido acompañarlas, de la tragedia de perder un hijo, de la penuria de ropa que Ishbel ha traído.

En la parada del tranvía se vuelve para mirarlas. Suelta una exclamación y se toca el cuello como si Esme hubiera salido desnuda.

—¿Dónde está tu sombrero, niña?

Esme se lleva las manos a la cabeza y se toca los rizos.

—Yo… no… —Mira a Kitty buscando ayuda y advierte perpleja que su hermana lleva un gorro gris. ¿De dónde lo ha sacado y cómo sabía que debía ponérselo?

Su abuela lanza un largo suspiro, mira al cielo y murmura algo sobre cruces y paciencia.

Las lleva a Jenners, en Princes Street. Un hombre con sombrero de copa les abre la puerta y pregunta:

—¿Qué departamento, señora?

Los maniquíes danzan y dan vueltas por los pasillos, y una asistenta las acompaña por la planta. Esme alza la cabeza y ve balcones y balcones, apilados unos sobre otros como las cubiertas del barco. En el ascensor, Kitty le busca la mano y se la aprieta justo cuando se abren las puertas.

La parafernalia es increíble. Son niñas que no se han puesto en su vida más que un vestido de algodón, y aquí hay corpiños, chalecos, medias, calcetines, faldas, enaguas, faldones, jerséis de Fair Isle, blusas, sombreros, pañuelos, abrigos, gabardinas, todo, por lo visto, para llevar a la vez. Esme escoge combinaciones de lana y pregunta cómo se ponen, qué lugar tienen en el desconcertante orden de cosas. Las vendedoras miran a su abuela, que a su vez menea la cabeza.

—Vienen de las colonias —explica.

—Firme aquí. —Ya en el hogar, el hombre situado tras la protección del cristal le tiende el libro de registro y señala un bolígrafo.

Iris lo coge pero vacila con la punta sobre el libro.

—¿No debería firmar ella? —pregunta.

—¿Qué?

—Digo si no debería firmar ella. —Iris señala a Esme, que está sentada en una silla de plástico junto a la puerta, con una mano aferrada a cada rodilla—. Es ella la que se va a quedar, ¿no debería firmar?

El hombre bosteza y sacude su periódico.

—Da lo mismo.

Iris contempla los garabatos del libro y el bolígrafo, atado a la pared con una cadenilla. Ve de reojo a una adolescente encorvada en otra silla. Está inclinada sobre algo, concentrada, el pelo le oculta la cara. Iris mira con más atención. La chica tiene un bolígrafo y se está pintando en el brazo un círculo de tinta azul en torno a cada lunar, cada marca, cada moratón. Iris aparta la vista y carraspea. Le cuesta pensar con claridad. Sabe que debería preguntar algo, que habrían de aclararle algo, pero no tiene ni idea de por dónde empezar. Siente el irresistible impulso de llamar a Alex. Le gustaría oír su voz, decirle: Estoy aquí, en esta residencia, ¿qué hago?

—Esto… —comienza Iris. Deja el bolígrafo, se pregunta qué está a punto de decir—. ¿Podríamos ver la habitación? —es lo que le sale.

—¿Qué habitación?

—Pues la habitación —repite, ahora más segura—. Donde va a dormir.

El hombre deja caer el periódico en su regazo.

—¿La habitación? —resuella—. ¿Quiere ver la habitación? ¡Eh! —Se echa atrás en la silla, llamando a alguien—. ¡Eh! ¡Aquí hay alguien que quiere ver la habitación antes de firmar!

Se oye el vendaval de una risa y una mujer asoma la cabeza por la puerta.

—¿Qué se cree que es esto, el Ritz? —pregunta el hombre.

Hay más risas, pero de pronto el hombre deja de reírse, se inclina sobre el mostrador y berrea:

—¡Tú!

Iris da un respingo sobresaltada.

—¡Tú! —El hombre se ha levantado y golpea el cristal—. ¡Tienes prohibido estar aquí! Fuera.

Iris se vuelve y ve a una mujer de abundante pelo oxigenado y una mugrienta cazadora. Pasa junto al mostrador con las manos hundidas en los bolsillos.

—Ya conoces las reglas, nada de agujas —espeta el hombre—. Lo pone muy clarito ahí en la puerta. Así que fuera.

La mujer se queda mirándolo un largo momento y de pronto explota como un petardo, gesticulando, chillando una larga y voluble retahíla de maldiciones. Él la oye impasible. Se sienta y alza el periódico. La mujer, sin receptor para su ira, se vuelve hacia la adolescente del bolígrafo.

—¿Tú de qué coño te ríes? —le grita.

La chica se aparta el pelo de los ojos sacudiendo la cabeza y la mira de arriba abajo.

—De nada —contesta con voz cantarina.

La mujer da un paso adelante.

—Te he preguntado que de qué coño te ríes —insiste con aire amenazador.

La chica alza el mentón.

—Y yo he dicho que de nada. ¿O es que estás sorda, además de colgada?

Iris mira a Esme, que tiene la cara vuelta hacia la pared y se tapa las orejas con las manos. Pasa por encima de la mochila de la adolescente y en cuanto llega la coge del brazo, recoge su bolso y la lleva afuera.

Ya en la calle, Iris se pregunta qué ha hecho, qué va a hacer, cuando Esme de pronto se detiene.

—No pasa nada —comienza Iris—. No pasa nada, no tienes…

Pero ve que Esme ha adoptado una extraña expresión. Está mirando el cielo, los edificios, el otro lado de la calle con cara extasiada, iluminada. Se vuelve hacia un lado, luego hacia el otro.

—Yo sé dónde es esto —exclama—. Es… —Se vuelve de nuevo y señala—: Es el Grassmarket, allí abajo.

—Así es.

—Y por ahí está Royal Mile —prosigue entusiasmada—, y Princes Street. Y ahí —se gira de nuevo— está Arthur's Seat.

—Exacto.

—Me acuerdo —murmura Esme. Ahora ya no sonríe. Se cierra con los dedos las solapas del abrigo—. Está igual. Pero diferente.

. . .

Iris y Esme se encuentran en el coche, aparcado en el arcén. Esme se abrocha el cinturón de seguridad, se lo desabrocha, y cada vez que se lo suelta se lo acerca a la cara, como si lo examinara buscando pistas.

—Hospital —dice Iris a la operadora de Información Telefónica, que parece especialmente poco servicial—. Hospital Cauldstone, creo. Quizá «hospital psiquiátrico». Pruebe con «psiquiátrico»... ¿No? ¿Lo ha intentado ya con «Cauldstone»? No, todo junto... Sí, ce, a... No. De, de «demonios»... Sí, espero.

Esme ha abandonado el cinturón y presiona la luz de doble intermitente del salpicadero. El coche se llena de un ruido como de grillos. La anciana parece encantada. Sonríe, aprieta de nuevo el botón y lo apaga, espera un momento, vuelve a encenderlo.

—¿De verdad? —prosigue Iris—. Bueno, ¿podría usted probar sólo con «hospital»...? No, no cualquier hospital. Necesito éste en concreto. Sí. —Iris tiene un calor espantoso. Se arrepiente de haberse puesto el jersey bajo el abrigo. Tiende la mano y tapa el botón del doble intermitente—. ¿Podrías dejar de hacer eso, por favor? —le pide a Esme, y tiene que aclararle a la mujer del teléfono—: No, no se lo digo a usted. —La mujer, como por arte de magia, ha conseguido localizar el teléfono de Cauldstone y pregunta si desea hablar con Admisiones, Pacientes Externos, Información u Hospital de Día.

—Información —contesta Iris, irguiéndose en el asiento, más animada ahora.

La pesadilla está a punto de acabar. Preguntará en Cauldstone adónde ha de llevar a Esme, y si no consigue nada, la devolverá al hospital. Muy sencillo. Ya ha hecho más de lo que debía. Oye la conexión, unos timbrazos y luego un menú de opciones. Pulsa un botón, escucha, pulsa otro botón, escucha de nuevo y en ese momento se da cuenta de que Esme ha abierto la puerta del coche y se dispone a salir.

—¡Espera! —le chilla—. ¿Adónde vas?

Abre de golpe su propia puerta y sale del coche todavía con el móvil en la oreja. Ahora parece que le están diciendo que las oficinas están cerradas, que las horas de atención son de nueve a cinco y que debe llamar durante ese horario o dejar un mensaje después de la señal.

Esme camina deprisa por la calzada, con la cabeza levantada, mirando hacia lo alto. Se detiene en un semáforo que emite unos pitidos, el hombrecillo verde parpadea y ella se encorva para mirarlo.

—Estoy en el Grassmarket con Es… con Euphemia Lennox —informa Iris con la voz más serena y autoritaria que puede lograr mientras corre por la calle—. El hogar al que nos enviaron no es aceptable. Euphemia no puede quedarse allí, es un lugar absolutamente inapropiado y lleno de… de… Vamos, que no puede quedarse. Ya sé que es culpa mía puesto que fui yo quien se la llevó, pero… —Por fin alcanza a Esme y la agarra por el puño del abrigo—. Me gustaría que se pusieran en contacto conmigo, por favor, porque la llevo de vuelta ahora mismo. Muchas gracias. Adiós.

Cuelga sin aliento.

—Esme, al coche.

Para alejarse del Grassmarket y del centro en dirección sur han de abrirse paso entre el tráfico de la hora punta. Esme va volviendo la cabeza para ver las cosas al pasar: el patio de una iglesia, un hombre que pasea a un perro, un supermercado, una mujer con un cochecito de niño, una cola delante de un cine.

Cuando Iris toma el camino particular del hospital, Esme la mira airadamente.

—Esto es… —Se interrumpe—. Esto es Cauldstone.

Iris traga saliva.

—Sí, lo sé. Es que… es que no podías quedarte en ese sitio, ¿sabes? Así que…

—Pero yo creí que me marchaba. Dijiste que me marchaba.

Iris aparca y echa el freno de mano. Tiene que reprimir el impulso de apoyar la frente contra el volante. Se lo imagina suave y fresco.

—Ya lo sé. Y te marcharás. El problema es que…

—Lo dijiste. —Esme cierra los ojos con fuerza, inclina la cabeza—. Lo prometiste —susurra con voz casi inaudible. Con las manos estruja su vestido.

No piensa salir. No saldrá. Se quedará allí sentada, en ese asiento, en ese coche, y tendrán que sacarla a rastras, como la última vez. Inspira, espira y escucha el rumor de su propia respiración. Pero la chica rodea el coche, abre la puerta, mete la mano para coger el bolso y con la otra mano le toca el brazo con suavidad.

Esme suelta el vestido. Le resulta interesante ver que la tela sigue retorcida, formando picos, incluso ahora que ha apartado los dedos. La presión en su brazo sigue ahí, y aunque todavía es suave, a pesar de todo, Esme sabe que esa chica, esa chica que ha aparecido de la nada después de tanto tiempo, ha hecho todo lo posible. Se da cuenta y se pregunta si habrá alguna forma de expresarlo. Seguramente no.

De manera que saca las piernas del coche y al oír el ruido de la grava bajo sus pies le entran ganas de llorar. Lo cual es curioso. Empuja la portezuela para cerrarla y el satisfactorio chasquido que produce hace que la angustiosa sensación desaparezca. No piensa no piensa no piensa nada en absoluto mientras suben los escalones y entran en el pasillo, y ahí está el suelo de mármol de la entrada otra vez, negro blanco negro blanco, y es increíble que no haya cambiado, y ahí está la fuente de agua potable con las losetas verdes, en la pared, se le había olvidado, cómo se le ha podido olvidar porque ahora recuerda que su padre se agachó para…

La chica está hablando con el portero de noche y él dice que no. Su boca con forma redonda, la cabeza moviéndose a un lado y otro. Está diciendo que no. Está diciendo que no está autorizado. Y la chica hace gestos. Parece tensa, los hombros hundidos, la frente arrugada. Y Esme ve lo que podría ser. Cierra la boca, cierra la garganta, pliega las manos una sobre otra y hace lo que ha llegado a perfeccionar, su especialidad: ausentarse, desvanecerse. Vean, damas y caballeros. Es de importancia crucial mantenerse totalmente inmóvil. Incluso respirar puede recordarles que estás ahí, de manera que hay que hacer sólo una respiración muy corta, muy superficial, lo justo para seguir viva. Nada más. Luego tienes que imaginarte alargada. Eso es lo más difícil. Piensa que eres fina y alargada, tenue hasta la transparencia. Concéntrate. Concéntrate de verdad. Tienes que llegar a un estado en que tu ser, esa parte de ti que te hace ser lo que eres, que te hace sobresalir en tres dimensiones, pueda salir por tu cabeza hasta que, damas y caballeros, hasta que llega el momento de…

Se están marchando. La chica se da la vuelta. Iris, es Iris. La nieta, eso es. Recoge el bolso por las correas, vuelve la cabeza para decirle algo al portero, algo grosero, piensa Esme, algo definitivo, y siente el impulso de vitorearla por ello, porque ese hombre nunca le ha caído bien, nunca. Apaga las luces de la sala común muy temprano, demasiado temprano, y los envía de vuelta a los pabellones; Esme lo odia por ello y también le gustaría soltarle alguna grosería, pero no lo hará. Por si acaso. Porque nunca se sabe.

Ahora de verdad se dirigen por la grava hacia el coche, y esta vez Esme escucha. Camina despacio, quiere sentir el pinchazo, la presión de cada piedrecita bajo el pie, quiere sentir cada arañazo, cada incomodidad de aquel paseo de despedida.

… no volvimos a hablar de eso, por supuesto. Del hijo, o sea, el niño que murió. Fue una tragedia. Nos dijeron que evitáramos el tema. Sin embargo, Esme insistía en hablar de él, decía constantemente: ¿Te acuerdas de esto?, ¿te acuerdas de lo otro?, Hugo por aquí, Hugo por allá. Y un día, mientras estábamos comiendo, de pronto se puso a recordar el día en que aprendió a gatear y nuestra abuela pegó un buen manotazo sobre la mesa. ¡Ya está bien!, bramó. Mi padre tuvo que llevarse a Esme al estudio. No tengo ni idea de lo que le dijo, pero al salir estaba muy pálida, muy agitada, le temblaban los labios, tenía los brazos cruzados. Nunca volvió a hablar de Hugo, ni siquiera conmigo, porque esa noche le dije que yo tampoco quería volver a saber nada de él. Verás, es que tenía la costumbre de hablar de eso cuando estábamos solas en la habitación, ya en la cama, de noche. Se lo tomaba como ella se lo tomaba todo, muy a pecho. Cuando la que de verdad se merecía toda nuestra compasión era madre. Sinceramente, no sé cómo podía soportarlo, sobre todo después de todos esos otros…

… así que yo me quedé con el suyo. Tal cual. Y nadie llegó a imaginárselo, o eso supongo…

… y Esme empezó a tener aquellos momentos raros, sus «trances», los llamaba madre. Está en uno de sus trances, decía, no le hagas caso. Igual te acercabas a ella, que podía estar en el piano o en la mesa o en la ventana, porque siempre le gustó sentarse en la ventana, y era como uno de esos juguetes de cuerda, pero con el mecanismo agotado. Totalmente quieta, inmóvil, apenas respiraba siquiera. Podía estar mirando a lo lejos, aunque en realidad no parecía estar mirando nada. Ya podías hablarle o llamarla por su nombre, que no te oía. Era de lo más raro. Era antinatural, decía mi abuela, como una persona poseída. Y debo admitir que yo estaba de acuerdo. Al fin y al cabo, Esme ya era demasiado mayor para esas cosas. Kitty, por Dios, decía a lo mejor madre, a ver si la sacas del trance, ¿quieres? Para que volviera había que tocarla, a veces sacudirla con brusquedad. Madre me dijo que me enterara de la causa de esos ataques, y yo le pregunté, pero por supuesto nunca lo averigüé porque…

… y Esme insistía en que la chaqueta no era suya. Yo había salido a buscarla al tranvía, porque esa mañana en el desayuno ella había dicho que no se encontraba bien, que le dolía la cabeza o algo así, no sé, y es verdad que estaba muy pálida y tenía el pelo medio suelto, quién sabe qué habría pasado con todas las horquillas que se ponía para que no se le cayera en la cara en el colegio. No creo que le gustara mucho ir a clase. Ella decía que no era suya, que era de otra persona. Bueno. El caso es que le di la vuelta al cuello y le dije: Mira, aquí está tu nombre, es tuya…

… porque lo que ella dijo fue: Pienso en él. Y yo no sabía a quién se refería. ¿En él?, pregunté, ¿en quién? Y ella me miró como si acabara de decirle que no la conocía. En Hugo, contestó como si fuera lo más evidente, como si yo tuviera que seguir las vueltas y revueltas de sus pensamientos, y no me importa decir que me sobresaltó oír de nuevo aquel nombre, después de tanto tiempo. Me dijo: A veces vuelvo allí, en mi cabeza, a la biblioteca, cuando os habíais marchado todos y yo estaba allí con… Y yo tuve que interrumpirla: No, le dije, calla. Porque no podía soportar oírlo. Ni siquiera podía soportar pensarlo. Me tapé las orejas con las manos. Es una cosa horrible. Por lo visto estuvo allí tres días sola, eso dicen, con… En fin. No sirve de nada dar vueltas a estas cosas. Eso le dije. Y ella volvió la cabeza para mirar por la ventana y me preguntó: Pero ¿y si no puedo evitarlo? Yo no contesté. ¿Qué podía decirle? Estaba ocupada pensando: Bueno, eso no se lo puedo contar a madre, así que no sé qué voy a decir, porque mentir no me sale, desde luego, así que…

… y Robert se limitó a encogerse de hombros. En aquel momento tenía a la pequeña, Iris, sobre los hombros, y ella se reía intentando alcanzar la lámpara, y yo le dije: Cuidado, a ver si se da un golpe en la cabeza. Tengo que confesar que en parte estaba pensando en la lámpara. Acababa de limpiarla y era todo un incordio llamar a un hombre para que levantara los tablones del suelo de la habitación de arriba y bajara la araña. El pasillo atestado durante días de escaleras y brochas y jóvenes con mono de trabajo. Pero él dijo: Deja de preocuparte, no es de cristal. Y yo repliqué: Menuda ocurrencia, mirando a la niña porque estaba muy flaca, siempre lo ha estado, y le encanta venir a verme, siempre va corriendo por el camino, gritando: Abuela, abuela. De cristal, dije, desde luego, qué cosas tienes…

… y ella cogió el vaso de la mesa y lo estrelló contra el suelo. Yo me quedé quieta en la silla. Ella dio una patada en el suelo y gritó: No voy a ir, no pienso ir, no podéis obligarme, le odio, le desprecio. Yo no me atrevía a mirar el cristal roto en la moqueta. Madre estaba muy serena. Se volvió hacia la doncella, que estaba junto a la pared, y le pidió: Querrías ponerle a la señorita Esme otro vaso, por favor. Luego miró a mi padre y…

Iris coloca la bolsa de Esme junto a la cama que tiene en el trastero. No puede creer que esté ocurriendo esto. El presagio de una migraña le presiona las sienes, le gustaría ir al salón y tumbarse en el suelo.

—Aquí estarás bien —asegura, más para tranquilizarse a sí misma que otra cosa—. Es un poco pequeño, pero sólo serán unas pocas noches. El lunes ya buscaremos otro alojamiento. Llamaré a la asistente social y… —Se interrumpe porque se da cuenta de que Esme está hablando.

—… la habitación de la criada.

A Iris le molesta oír eso.

—Bueno, es lo único que hay —replica enfadada. Sí, el piso es pequeño, pero a ella le gusta, y está tentada de recordarle a aquella anciana que sus opciones están limitadas a aquel trastero de criada o al hogar del infierno.

—Antes era verde.

Iris aparta una silla contra la pared, endereza el edredón.

—¿El qué?

—La habitación.

Iris deja de trastear con el edredón. Se endereza y mira a Esme, que está en la puerta frotando el pomo con la mano.

—¿Tú vivías aquí? —pregunta horrorizada—. ¿En esta casa?

—Sí. —Asiente con la cabeza, tocando ahora la pared—. Así es.

—No… no tenía ni idea. —Iris advierte que está inexplicablemente molesta—. ¿Por qué no lo habías dicho?

—¿Cuándo?

—Cuando… —Iris se esfuerza por saber de lo que habla, lo que quiere decir. ¿Qué quiere decir?—. Bueno —acaba por fin—, cuando llegamos.

—No me lo preguntaste.

Iris respira hondo. No entiende muy bien cómo ha pasado todo, cómo ha acabado con una anciana olvidada, posiblemente loca, durmiendo en su casa. ¿Qué va a hacer con ella? ¿Cómo va a pasar el tiempo hasta el lunes por la mañana, cuando pueda contactar con Cauldstone o los servicios sociales o lo que sea y hacer algo? ¿Y si ocurría algo terrible?

—Esto era el desván —está diciendo Esme.

—Sí, eso es. —Y de pronto Iris detesta el tono de su propia voz, el énfasis condescendiente al confirmar la información, que aquello había sido en otros tiempos el desván de la casa en que aquella mujer se crió, la casa de donde se la llevaron. Iris rebusca frenética en sus recuerdos cualquier dato que su abuela pudiera haberle contado de aquella época. ¿Cómo es posible que nunca mencionara a su hermana?

—¿Así que viviste aquí al volver de la India? —pregunta al azar.

—Bueno, no fue exactamente volver. Al menos para Kitty o para mí. Nosotras nacimos allí.

—Ah. Ya.

—Pero para mis padres sí. Sí era volver, quiero decir. —Mira de nuevo la habitación, toca el marco de la puerta.

—Kitty reformó la casa para dividirla en varios pisos —comienza Iris, porque siente que le debe alguna explicación—. Éste y otros dos, más grandes. No recuerdo cuándo. Ella vivió muchos años en el piso de la planta baja. Luego se vendió todo para pagar su asistencia médica. Menos éste, que se puso a mi nombre. Yo iba a verla de pequeña, y por entonces el edificio era sólo una casa todavía. Un caserón gigantesco con un jardín enorme. Era precioso. —Se da cuenta de que está parloteando sin ton ni son, y se calla.

—Sí, es verdad. A mi madre le gustaba el jardín.

Iris se aparta el pelo de los ojos. No entiende nada, todo se le antoja muy extraño. De pronto le ha salido un pariente. Un miembro de su familia que conoce su casa mejor que ella misma.

—¿Cuál era tu habitación? —pregunta.

Esme se vuelve y señala.

—En el piso de abajo. La que da a la calle. Era mía y de Kitty, la compartíamos.

. . .

Iris marca el número de su hermano.

—Alex, soy yo. —Se lleva el teléfono a la cocina y cierra la puerta de una patada—. Escucha, está aquí.

—¿Quién está dónde? —pregunta él. Su voz suena muy cerca—. ¿Y por qué susurras?

—Esme Lennox.

—¿Quién?

Iris suspira exasperada.

—¿Tú me escuchas alguna vez? Esme…

—¿Te refieres a la loca?

—Sí. Está aquí. En mi casa.

—¿Y eso?

—Porque… —Iris tiene que pensarlo. Es una buena pregunta. ¿Por qué está allí?—. Porque no podía dejarla en aquel nido de yonquis.

—¿De qué estás hablando?

—De la residencia.

—¿Qué residencia?

—Da lo mismo. Escucha. —Se presiona la frente con los dedos y da vueltas alrededor de la mesa—. ¿Qué puedo hacer?

Se produce una pausa. En el fondo de la oficina de Alex se oye el pitido de los teléfonos, alguien grita algo de un email.

—Iris, no lo entiendo. ¿Qué está haciendo en tu casa?

—¡A algún sitio tenía que llevarla! ¿Qué más podía hacer?

—Pero esto es ridículo. No es responsabilidad tuya. Vete al ayuntamiento o algo.

—Al, yo…

—¿Es peligrosa?

Iris está a punto de decir que no cuando se da cuenta de que no tiene ni idea. Intenta no pensar en las palabras que leyó al revés en el expediente de Lasdun. Bipolar. Electroshock. Mira alrededor. El cuchillero, los fogones de gas, las cerillas en la encimera. Se vuelve de cara a la pared.

—No... no lo creo.

—¿Que no lo crees? ¿No lo has preguntado?

—Pues no, es que... no sé, no estaba muy centrada.

—Joder, Iris, has metido en tu casa a una chiflada de la que no sabes nada.

Iris suspira.

—No es una chiflada.

—¿Cuánto tiempo se ha pasado allí encerrada?

Iris suspira de nuevo.

—No lo sé —murmura—. Unos sesenta años o así.

—Iris, no se encierra a la gente durante sesenta años por nada. —Alguien de la oficina llama a Alex—. Oye, he de irme. Te llamo luego, ¿vale?

—Vale. —Cuelga y se apoya en la encimera. Oye el crujido del suelo de madera, un paso ligero, un carraspeo. Alza la cabeza y vuelve a mirar los cuchillos.

A veces Iris se pregunta cómo explicaría lo de Alex, si tuviera que hacerlo. ¿Cómo empezaría? ¿Contaría que se criaron juntos? ¿Alegaría que no son parientes consanguíneos? ¿Diría que lleva en el bolso una piedra que él le dio hace más de veinte años? ¿Y que él no lo sabe?

Podría decir que lo vio por primera vez cuando él tenía seis años y ella cinco. Que apenas ha conocido la vida sin él. Que entró en su punto de mira un día y desde entonces sigue ahí. Que incluso se acuerda de la primera vez que oyó su nombre.

Estaba en la bañera. Su madre también se encontraba allí, sentada en el suelo del baño. Hablaban de una niña de la clase de Iris cuando en medio de la conversación, que a ella le estaba gustando, su madre de pronto le preguntó si se acordaba de un tal George. La semana anterior habían salido con él de excursión y había enseñado a Iris a remontar una cometa. ¿Se acordaba? Sí, Iris se acordaba, pero no lo dijo. Y su madre entonces le explicó que George iba a instalarse en su casa la semana siguiente, y que esperaba que a ella le pareciera bien, que George le cayera bien. Luego su madre empezó a echarle agua sobre los hombros y los brazos.

—A lo mejor te gustaría llamarlo tío George.

Iris contempló los hilillos de agua bifurcarse en diminutos regueros sobre su piel. Estrujó la esponja entre las manos hasta convertirla en una bola húmeda y dura.

—Pero no es mi tío —protestó, hundiendo de nuevo la esponja en el agua caliente.

—Es verdad.

Su madre se acuclilló y fue a coger la toalla. Iris siempre tenía una toalla roja y su madre una morada. Iris se estaba preguntando de qué color sería la de George cuando su madre carraspeó.

—George va a traer a un niño. Alexander. Tiene casi tu misma edad. ¿No te parece estupendo? He pensado que podrías ayudarme a prepararle la habitación, para que se sienta a gusto. ¿Qué te parece?

Cuando George y su hijo llegaron, Iris los observó desde debajo de la mesa de la cocina. Estaba sentada en las baldosas con las piernas cruzadas y había bajado el mantel casi hasta el suelo. Entre los pliegues de su falda había escondido tres galletas, por si George se retrasaba. Porque no pensaba salir de allí en mucho tiempo. Se lo advirtió a su madre, y ella contestó:

—Muy bien, cariño. —Y siguió pelando zanahorias.

Cuando sonó el timbre, Iris se metió dos galletas en la boca, una en cada carrillo, con lo cual sólo le quedó una para emergencias, pero eso no le importó. Oyó que su madre abría la puerta, saludaba con un énfasis curioso, ho-laaa, y luego decía: Me alegro mucho de verte otra vez, Alexander, pasad, pasad. Iris se permitió masticar un poco. ¿Así que su madre ya lo conocía?

Se tumbó boca abajo. Desde ahí podía atisbar bajo el borde del mantel, lo cual le daba una clara vista del suelo de la cocina, el sofá, la puerta que daba al recibidor. Y en esa puerta apareció un hombre. Tenía el pelo rubio y ondulado, una chaqueta verde con coderas, y llevaba un ramo de flores. Eran azucenas. Iris sabía mucho de flores: su padre le había enseñado.

Estaba pensando en eso, en sus paseos por el jardín con su padre, cuando vio al niño. Lo reconoció al instante, lo había visto antes. Lo había visto un montón de veces, en las paredes de las iglesias italianas a las que su madre la había llevado el verano anterior, que estaban pintadas con imágenes de ángeles. Ángeles por todas partes, con alas y arpas y ropajes al viento. Alexander tenía los mismos ojazos azules, los mismos rizos rubios, los dedos delicados. Justo en una de esas iglesias su madre le había hablado de su padre. Le dijo: Iris, tu padre ha muerto. Le contó que él la quería, que no era culpa de nadie. Estaban sentadas en el último banco de una iglesia que tenía unas ventanas muy raras. No eran de cristal, sino de una especie de piedra de colores que, según le contó su madre, habían cortado muy fina, tan fina que dejaba pasar la luz. Alabastro, se llamaba. Lo leyó en el libro que llevaba en el bolso. Y después le agarró la mano muy fuerte, e Iris miró aquellas ventanas que relucían como ascuas al sol, y observó los ángeles de las paredes, con las alas extendidas, las caras mirando hacia arriba, hacia el cielo, como le señaló su madre.

Así que Iris estaba tumbada boca abajo, tragando la galleta medio deshecha que tenía en la garganta, mirando a aquel niño ángel que se había sentado en el sofá como si fuera un mortal corriente. Su madre y George desaparecieron por el pasillo y luego Iris los oyó entrar y salir por la puerta, acarreando bolsas y cajas y riendo.

Iris alzó un poco el mantel: necesitaba ver bien a aquel niño que estaba sentado, inmóvil, con una sandalia sobre la otra. En el regazo tenía una pequeña mochila que aferraba con las manos tensas. Iris intentó acordarse de lo que le había contado su madre sobre él. Que era tímido, que su mamá lo había abandonado y no había vuelto a verla, que a lo mejor estaba triste por eso, que hacía poco había tenido la varicela.

El niño contemplaba el dibujo que Iris había hecho de un atardecer y que su madre había colgado en la pared. De pronto apartó la vista y miró hacia la ventana, de nuevo volvió la cabeza.

Impulsivamente, Iris salió de debajo de la mesa. Sobresaltado, el ángel del sofá dio un respingo, con el miedo reflejado un instante en su cara, y la niña se quedó de piedra al ver sus ojos celestiales llenos de lágrimas. Ella frunció el ceño. Se apoyó sobre una pierna, luego sobre la otra. Avanzó hacia él. El niño parpadeaba en un intento por contener las lágrimas. Iris no sabía qué decirle. ¿Qué se le dice a un ángel?

Se comió la última galleta, pensativa, delante de él. Cuando hubo terminado se metió el pulgar en la boca al tiempo que se retorcía una trenza con el dedo. Examinó su mochila, sus sandalias, sus pantalones cortos, su pelo dorado. Por fin se sacó el dedo de la boca.

—¿Quieres ver unos renacuajos? —preguntó.

Cuando Iris tiene once años y Alex doce, George y su madre se separan. Él ha conocido a otra. Se va y se lleva a su hijo. Sadie, la madre de Iris, a veces llora en su cuarto cuando cree que ella no la oye. Iris le lleva tazas de té, porque no sabe qué otra cosa hacer, y Sadie se levanta de un brinco de la cama, se enjuga apresuradamente el rostro y comenta lo fuerte que le ha dado este año la alergia al polen. Iris no menciona que la alergia al polen no suele afectar a nadie en enero.

Iris no llora, pero a veces se queda en la habitación que era de Alex, con los puños apretados y los ojos cerrados. Huele a él. Si mantiene los ojos cerrados mucho tiempo, casi puede fingir que no ha pasado nada, que no se ha ido.

Al cabo de dos semanas, Alex vuelve. La nueva mujer de George es una mala bruja, comenta, e Iris advierte que Sadie no lo regaña por hablar mal. ¿Puede quedarse a vivir con ellos? La niña grita que sí, batiendo palmas, pero la madre no está segura. Tendrá que consultar con George. Pero no se hablan, lo cual, señala, constituye un problema.

Alex llama a su padre y mantienen una larga discusión. Iris escucha los gritos del muchacho, apretujada con él en la misma butaca. Una semana más tarde George acude para llevárselo. Pero el niño regresa. El padre llega de nuevo, esta vez en el coche, y se lo lleva otra vez. Alex vuelve. George lo envía a un internado en las Highlands. Él se escapa, vuelve a la ciudad en autoestop y aparece en casa de Sadie a primera hora de la mañana. Se lo llevan de nuevo al internado. Se escapa otra vez. Sadie lo acoge, pero le advierte que tiene que llamar a su padre. Él no llama. Iris se despierta en plena noche y se lo encuentra junto a su cama. Vestido, con el abrigo puesto y una bolsa. Anuncia que va a huir a Francia para buscar a su madre, que lo dejará vivir con ella, está seguro. ¿Quiere Iris irse con él?

Llegan hasta Newcastle antes de que la policía los alcance. Se los llevan de vuelta a Edimburgo en un coche patrulla, lo cual para Iris es algo increíblemente emocionante. El muchacho asegura que tendrán que llevarlo esposado a casa de su padre. El policía que conduce le replica: Ya has creado bastantes problemas por un día, hijo. Alex apoya la cabeza en el hombro de Iris y se queda dormido.

Sadie y George mantienen una cumbre en la cafetería de la City Art Gallery. Punto principal del orden del día: Alex. Todo el mundo se muestra de lo más educado. La Ma-

101

drastra del Infierno está sentada a la mesa, en una esquina, mirando a Sadie. Iris observa que su madre se ha lavado el pelo y lleva el vestido azul con costuras rojas. A George le cuesta apartar la vista del amplio escote de ribetes rojos. En la otra esquina están los niños. A media conversación Alex salta: A la mierda, y dice que se va a la tienda de discos de segunda mano de la calle Cockburn. Iris le indica que debe quedarse. Van a creer que te estás escapando otra vez, le advierte.

Acuerdan que Alex podrá trasladarse a un internado en Edimburgo con la condición de que estudie y no vuelva a huir. A cambio puede pasar las vacaciones con Iris y Sadie. Pero tendrá que ir a cenar una vez a la semana con su padre y su madrastra, y durante la cena —George clava en su hijo una mirada de acero— habrá de comportarse con orden y educación. Mientras George dice eso, Alex mascula: Una puta mierda, e Iris tiene que tragar saliva y hacer un esfuerzo por contener la risa. Pero no cree que nadie más lo haya oído.

De manera que todas las Navidades, en verano y Semana Santa, Alex vive con ellas, en el trastero sin ventanas de su piso de Newington. Cuando Iris tiene quince años y Alex dieciséis, Sadie considera que ya son mayores y responsables para cuidarse solitos unos días, y se marcha a Grecia para hacer un curso de yoga. La despiden en la puerta y en cuanto el taxi desaparece detrás de la esquina, se vuelven el uno hacia el otro contentísimos.

No les lleva mucho tiempo. La primera noche solos, cierran con llave todas las puertas, bajan las persianas, encienden el estéreo, sacan del congelador toda la comida, abren el sofá cama del salón, ponen las sábanas y yacen bajo un edredón viendo una película antigua.

—Te propongo no salir más de casa —sugiere Alex—. Vamos a quedarnos aquí toda la semana.

—Vale. —Iris se acomoda en las almohadas. Sus cuerpos se tocan bajo el edredón. Alex lleva los pantalones del pijama, Iris la parte de arriba.

Los personajes de la peli suben corriendo por una montaña de un radiactivo color verde cuando Alex tiende la mano para tomar la de Iris. La levanta, se la coloca despacio, muy despacio, en el pecho, justo encima de su corazón. Iris lo nota brincar, como si quisiera ser libre. Mantiene la vista clavada en la pantalla. Los protagonistas han llegado a la cima de la montaña y señalan muy excitados un lago.

—Es mi corazón —comenta Alex sin apartar los ojos del televisor. Sigue con la mano sobre la de Iris, presionándola contra su pecho. Su voz es serena, normal—. Pero en realidad te pertenece a ti.

Durante un rato siguen mirando los personajes de la pantalla, que avanzan por la pradera en rígida formación. Luego Alex se acerca a ella entre los destellos en la oscuridad; Iris se vuelve a mirarlo y nota que él vacila, pero no ve otra opción, de manera que tira de él para acercarlo más, y más.

Al otro lado de la pared, Esme camina despacio, reposadamente, de la puerta a las estanterías y de las estanterías a la puerta. Toca el pomo, un pomo redondo de latón, algo abollado y más pequeño de lo que recuerda. ¿O tal vez los del piso de abajo eran más grandes? No importa, porque es el mismo metal recargado, y eso la complace. Cuenta los adornos (pétalos, puede ser, pero una flor de metal es una fea anomalía, una contradicción tal vez), y son nueve. Un número muy agradable. Tres treses exactamente.

Intenta recordar los nombres de las criadas que habían vivido en aquella habitación, arriba en lo más alto de la casa. Hace años que no piensa en eso, si es que lo ha pensado alguna vez. Parece ridículo poder acordarse de aquello, pero, para su absoluta sorpresa, los nombres acaban saliendo. Maisie, Jean. Tal vez no en el orden correcto. Martha. Pero van saliendo. Es como recibir una frecuencia de radio. Janet. Si estás en el lugar correcto en el momento apropiado, se puede captar la señal.

Esme cambia de dirección. Deja la puerta y la flor de bronce y se va a la esquina junto a la lámpara. Mueve la cabeza, primero a un lado, luego a otro. Quiere ver qué más puede sintonizar.

Cuando Iris despierta, se queda un rato mirando la persiana bajada de la habitación. Quita algunas plumas del edredón, se retuerce un mechón de pelo. Se pregunta por qué tiene un nudo de inquietud en el estómago. Mira la sala, donde todo está como corresponde: la ropa dispersa por el suelo y las sillas, los libros en los estantes, el reloj relumbrando en la pared. Entonces frunce el ceño. Los cuchillos de la cocina se encuentran en el cajón de su cómoda, junto con el maquillaje y las joyas.

Se incorpora de un brinco, aferrando el edredón contra su pecho. ¿Cómo se ha podido olvidar? Es lo que pasa al dormir, que el sueño borra de la mente las cosas más importantes. Iris escucha, se esfuerza por captar algún sonido. Nada. El siseo de las tuberías, el murmullo de un televisor en el piso inferior, un coche en la calle. De pronto unos extraños arañazos, muy cerca de su cabeza. Cesan un momento, comienzan de nuevo.

Baja un pie al suelo, luego el otro. Se pone la bata y sale de puntillas de su cuarto, cruza el pasillo y se detiene ante el trastero. El ruido es más fuerte. Iris alza la mano, vacila, se obliga a llamar. Los arañazos cesan de pronto. Silencio. Iris llama de nuevo, con más fuerza, con los nudillos. De nuevo el silencio. Luego un par de pasos, silencio otra vez.

—¿Esme?

—¿Sí? —La respuesta es inmediata y tan clara que la anciana ha de estar justo detrás de la puerta.

Iris vacila.

—¿Puedo entrar?

Un rápido movimiento de pies.

—Sí.

Iris espera a que le abran la puerta, pero ésta no se mueve. Gira el pomo despacio.

—Buenos días —saluda, esperando parecer más optimista de lo que se siente. No tiene ni idea de lo que encontrará detrás de la puerta.

Esme se halla de pie en medio de la habitación, totalmente vestida, con pelo cepillado y pulcramente recogido a un lado. Por alguna razón lleva el abrigo abrochado hasta el cuello. Junto a ella hay una butaca. Iris se da cuenta de que ha debido arrastrarla hasta allí. Le sorprende ver que la expresión de Esme es de absoluto terror. La mira, piensa Iris, como si estuviera esperando que la atacara. Se queda tan pasmada que no sabe qué decir. Juguetea con el cinturón de la bata.

—¿Has dormido bien?

—Sí —contesta Esme—, gracias.

Su rostro sigue arrebatado de miedo e inseguridad. Con una mano se toca un botón del abrigo. ¿Sabrá dónde está?, se pregunta Iris. ¿Sabe quién soy?

—Estás… —comienza—. Has salido de Cauldstone. Estás en mi casa, en Lauder Road.

Esme arruga la frente.

—Ya lo sé. En el desván. La habitación del servicio.

—Sí —confirma Iris aliviada—. Te vamos a buscar otro sitio, pero… pero hoy es sábado, así que no podemos hacer nada hasta el lunes… —Se interrumpe. Acaba de advertir que en la mesilla junto a la cama hay una hilera de elefantes de marfil del salón. ¿Habrá estado Esme rondando por la casa en plena noche, cambiando las cosas de sitio?

—¿El lunes?

—Haré unas llamadas —explica Iris, distraída. Echa un vistazo a la estancia, buscando más cosas cambiadas, pero sólo ve un cepillo junto a un pañuelo, tres horquillas, un cepillo de dientes y un peine de carey. Hay algo muy digno en el orden que están dispuestos estos objetos. Iris piensa de pronto que podrían ser las únicas posesiones de Esme. Se da la vuelta—. Voy a preparar el desayuno.

Ya en la cocina, llena la tetera, saca la mantequilla de la nevera, mete pan en la tostadora. Le parece curioso estar haciendo lo mismo de siempre como si nada hubiera cambiado. Lo único es que ese fin de semana tiene alojada en casa a una anciana loca. En un momento dado tiene que volverse para comprobar que se encuentra allí de verdad. Y sí, allí está, Esme, la tía abuela olvidada, sentada a su mesa, acariciando la cabeza del perro.

—¿Vives sola? —le pregunta.

Iris ahoga un suspiro. ¿Cómo se ha metido en ese lío?

—Sí.

—¿Sola del todo?

Iris se sienta a la mesa y le tiende un plato de tostadas.

—Bueno, está el perro. Pero aparte de él, sí, vivo sola.

Esme pone la mano rápidamente en la tostada, luego en el plato, el borde de la mesa, la servilleta. Mira la mesa, la mermelada, la mantequilla, las tazas de té, como si nunca hubiera visto nada igual. Coge un cuchillo y lo gira en la mano.

—Me acuerdo de éstos —comenta—. Eran de Jenners, vinieron en una caja forrada de terciopelo.

—Ah, ¿sí? —Iris examina el viejo cuchillo, con el mango de hueso descolorido. No tiene ni idea de cómo ha llegado a su posesión.

—¿Y trabajas? —pregunta Esme, untando mantequilla en la tostada.

Lo hace todo con una curiosa reverencia. ¿Hasta qué punto está loca?, se pregunta Iris. ¿Cómo se miden estas cosas?

—Claro. Ahora tengo mi propio negocio.

Esme deja de contemplar la etiqueta de la mermelada.

—¡Es maravilloso! —exclama.

Iris se echa a reír, sorprendida.

—Bueno, maravilloso no sé. A mí no me lo parece tanto.

—Ah, ¿no?

—Pues no. No siempre. Durante una época fui traductora para una gran empresa de Glasgow, pero no me gustaba. Y luego pasé una temporada viajando, viendo mundo y eso, haciendo de camarera para ir tirando. Y al final, no sé cómo, acabé montando mi tienda.

Esme corta la tostada en pequeños triángulos geométricos.

—¿No estás casada?

Iris menea la cabeza, con migas en la boca.

—No.

—¿No te has casado?

—No.

—¿Y a la gente no le importa?

—¿A qué gente?

—A tu familia.

Iris tiene que pensarlo.

—Pues no sé si a mi madre le importa o no. Nunca se lo he preguntado.

—¿Tienes amantes?

Iris tose y tiene que beber té.

Esme parece desconcertada.

—¿Es una pregunta indiscreta?

—No… bueno, puede serlo. A mí no me importa, pero a otra gente puede que sí. —Traga—. Sí… he tenido… tengo… sí.

—¿Y los quieres? A esos amantes.

—Hum… —Iris frunce el ceño y tira al suelo un trozo de pan para el perro, que sale lanzado tras él patinando en el linóleo—. Pues… no lo sé. —Se sirve más té, intentando pensar—. Bueno, en realidad sí lo sé. A algunos los he querido, y a otros no. —Mira a Esme e intenta imaginársela a su edad. Seguramente había sido bastante guapa, con esos pómulos altos y esos ojos, pero para entonces ya se había pasado media vida en un manicomio—. Ahora salgo con un hombre —se oye decir, sorprendida consigo misma porque nadie sabe nada de Luke, excepto Alex, y le gusta que sea así—. Pero… es complicado.

—Ah. —Esme se queda mirándola.

Iris aparta la vista. Se levanta y se sacude las migas de la bata. Deja los platos sucios en el escurridor. Ve en el reloj del horno que sólo son las nueve de la mañana. Tiene que matar doce, tal vez trece horas, antes de poder esperar razonablemente que Esme vuelva a acostarse. ¿Cómo va a entretenerla durante todo un fin de semana? ¿Qué demonios va a hacer con ella?

—Bueno. —La joven se vuelve—. No sé lo que te gustaría hacer hoy. ¿Hay algo que…?

Esme está mirando de nuevo el cuchillo de mango de hueso, girándolo una y otra vez en la palma de la mano. Iris espera que diga algo. Pero permanece en silencio, por supuesto.

—Podríamos… —Iris se estruja la cabeza—. Podríamos ir a dar un paseo en coche, si te apetece. Por la ciudad.

O andando. A lo mejor te gustaría ver algunos de los sitios en los que tú… —Pierde convicción, pero de pronto se anima con una idea—. Podríamos visitar a tu hermana. Las horas de visita empiezan a…

—El mar. —Esme deja el cuchillo—. Me gustaría ver el mar.

Esme se impulsa por el agua, luchando contra las subidas y bajadas, respirando entrecortadamente, resollando. Está más allá de la línea de rompiente de las olas, en esa extraña tierra de nadie sin espuma. Nota en torno a las piernas el tirón frío del agua profunda y poderosa.

Da la vuelta para mirar hacia la playa. La curva de Canty Bay, el marrón amarillento de la arena, sus padres en una manta, su abuela sentada muy tiesa en una silla plegable, Kitty junto a ellos, mirando alrededor haciéndose visera con la mano. Su padre está haciendo un gesto, indicando que debería acercarse. Esme finge no verlo.

Viene una ola haciendo acopio de fuerza, acumulando agua. Avanza hacia ella en silencio, un risco impasible en el mar. La niña se prepara y disfruta del delicioso impulso que la eleva, la acerca al cielo y luego pasa, bajándola suavemente. Ella se queda quieta, flotando en el agua, mientras la ola estalla y rompe, precipitándose en un blanco frenesí contra la arena. Kitty saluda a alguien con la mano y Esme advierte que se le han escapado unos mechones de pelo del gorro de baño.

Han alquilado una casa en North Berwick para pasar el verano. Eso es lo que hace la gente, les ha contado su abuela. Es responsabilidad suya, declaró, asegurarse de que ambas hermanas se relacionen «con las personas adecuadas». Las llevan a clases de golf, que Esme detesta con todo su corazón, a bailes en el Pabellón, a los que siempre procura llevar algún libro, y todas las tardes la abuela las obliga a ponerse de punta en blanco y recorrer el paseo marítimo saludando a todo el mundo, sobre todo a las familias con hijos varones. A Esme no le gusta participar en esas ridículas excursiones. Se siente como un caballo en un mercado. Curiosamente, a Kitty le encantan. Se pasa horas arreglándose, cepillándose el pelo, poniéndose crema en la cara, cosiéndose cintas en los guantes. ¿Por qué haces eso?, le había preguntado Esme el día anterior, al verla sentada delante del espejo pellizcándose una y otra vez las mejillas. Y la hermana mayor se levantó y salió de la habitación sin contestar. Su abuela asegura que la pequeña nunca encontrará marido si no cambia de actitud. No hace mucho lo dijo durante el desayuno y Esme replicó: Pues mejor. Y la mandaron a terminar de comer en la cocina.

Viene otra ola, y luego otra. Esme ve que su abuela ha sacado la labor de punto, que su padre está leyendo el periódico. Su hermana habla con alguien, una madre y sus dos hijos, al parecer. Los chicos son rechonchos, de manos grandes, y se muestran poco comunicativos ante las ansiosas preguntas de Kitty. Esme se enfurruña. No entiende qué le ha pasado a su hermana. No se imagina cómo puede encontrar algo que decirles. Está a punto de gritarle que vaya a bañarse con ella, cuando algo cambia. El agua fría bajo ella se mueve, tirándole de las piernas. La está arrastrando hacia abajo muy deprisa, la corriente que la rodea se precipita hacia mar abierto. Esme intenta nadar contra esa fuerza y regresar a la orilla, pero es como si tuviera los miembros encadenados. Se oye un fuerte bramido, como antes de una tormenta. La niña se da la vuelta.

A sus espaldas avanza una pared verde de agua, la parte superior ya rizándose, volcándose. Ella abre la boca para gritar, pero en ese momento algo muy pesado le golpea la cabeza, la hunde, la arrastra. Sólo ve un borrón verdoso y de repente nota la boca y los pulmones llenos de agua amarga. Manotea, se agita desesperadamente, pero no tiene ni idea de dónde está la superficie, hacia dónde debería dirigirse. Algo le golpea la cabeza, algo duro, rígido, le hace apretar los dientes y comprende que ha chocado contra el fondo, que está cabeza abajo, como santa Catalina en su rueda, pero la desorientación sólo dura un segundo, porque se ve lanzada hacia delante, hacia abajo, arrastrada al interior de la ola por la fuerza de la misma. Luego siente en el vientre el arañazo de la arena y las piedras, empuja con fuerza con las manos y milagrosamente consigue emerger.

La luz es blanca e hiriente. Oye los lamentos de las gaviotas y a su madre diciendo algo sobre una loncha de jamón. Esme aspira grandes bocanadas de aire. Se descubre arrodillada en la orilla; ha perdido el gorro de baño y el pelo se le pega a la espalda como una cuerda mojada. Pequeñas olas pasan de largo para chapotear en la arena. Le duele la frente. Se la toca con los dedos y se le manchan de sangre.

Se levanta tambaleante. Las piedras angulosas le pinchan los pies. Casi se cae, pero consigue seguir erguida. Alza la cabeza, mira hacia la playa. ¿Se enfadarán con ella? ¿La regañarán porque ya le habían advertido que no se alejara tanto?

Su familia está en la arena, pasándose bocadillos y lonchas de carne fría. Las agujas de punto de su abuela entrechocan, enroscando el hilo de lana. Y allí, sentada en la manta, se descubre a sí misma. Ahí está Kitty, con su bañador a rayas, el gorro bien calado, y allí está también ella, Esme, sentada junto a su hermana, con un bañador igualito, aceptando un muslo de pollo frío que le ofrece la madre.

Se queda observando la escena, que parece vibrar y desintegrarse. Tiene la sensación de que una fuerza la empuja, la atrae como un imán, como si siguiera en el remolino de la ola, pero sabe que está quieta, en la orilla. Se presiona los ojos con la mano y mira de nuevo.

Ella, o la persona que se parece a ella, se sienta con las piernas cruzadas. El bañador tiene el mismo cierre en el hombro, y Esme sabe cómo es el lanoso y áspero tacto de la manta en la piel, cómo los dedos ganchudos del carrizo atraviesan el tejido. Se da cuenta de que lo siente en ese mismo instante. Pero ¿cómo es posible, si está en el agua?

Baja la vista, como para asegurarse de que sigue allí, para comprobar si de alguna forma se ha cambiado por otra persona. Está pasando una ola, lamiéndole las piernas, diminuta, intrascendente. Y cuando vuelve a alzar la cabeza, la visión ha desaparecido.

Si se ha metido en el mar, ¿qué está haciendo allí en la manta? ¿Se habrá ahogado con la ola? En ese caso, ¿quién es esa persona?

Estoy aquí, quiere gritar, ésta soy yo.

Y ahora, en el tiempo real, se encuentra allí de nuevo. En Canty Bay, con el cielo sobre ella, la arena debajo, y delante el extenso mar. La escena es muy sencilla, presenta el hecho de sí misma, ineludible, inequívoco.

El mar se encuentra en calma, una calma casi sobrenatural. Pequeñas olas verdes rompen y remolinean en la orilla, y más allá la superficie se mueve y se estira, como si muy abajo algo se agitara.

En un minuto, piensa Esme, me daré la vuelta y miraré hacia tierra. Pero vacila, porque no está segura de lo que verá. ¿Será su familia, en la manta de cuadros? ¿O será la niña, Iris, sentada en la arena, mirándola? ¿Será ella misma? ¿Y cuál «ella»? Es difícil saberlo.

Se da la vuelta. El viento le alborota el pelo, sacudiéndolo sobre su cabeza, extendiéndolo sobre la cara. Ahí está la niña, sentada como ya sabía que estaría, en la arena, con las piernas cruzadas. La mira con esa expresión suya ceñuda y ansiosa al mismo tiempo. Pero no, se equivoca. No la está mirando. Mira más allá, hacia el horizonte. Esme advierte que está pensando en el amante.

La niña es sorprendente para ella. Es una maravilla.

De toda su familia, ella y Kitty y Hugo y todos los otros niños y sus padres, de todos ellos, sólo queda esta niña. Es la única. Todos han quedado reducidos a esta chica de pelo oscuro sentada en la arena, que no tiene ni idea de que sus manos y sus ojos y el gesto de la cabeza y la caída de su pelo pertenecen a la madre de Esme. Sólo somos recipientes a través de los que pasan las identidades, decide la anciana. Somos rasgos prestados, gestos, hábitos, que luego transmitimos a otra persona. Nada es nuestro. Venimos a este mundo como anagramas de nuestros antecesores.

Se vuelve de nuevo hacia el mar, hacia los afanes de las gaviotas, hacia la cabeza del monstruo de Bass Rock, que son las únicas cosas que no han cambiado. Arrastra los pies por la arena, creando valles y cordilleras en miniatura. Lo que más le gustaría es nadar, comprobar que, tal como dicen, eso nunca se olvida. Sumergirse en las frías e inmutables aguas del fiordo de Forth. Le encantaría sentir el incesante tirón de las corrientes bajo ella, pero no quiere asustar a la niña. Esme da miedo, eso sí lo ha aprendido. Tal vez debería conformarse con quitarse los zapatos.

Iris está mirando a la anciana en la orilla cuando suena su móvil. En la pantalla destella el nombre de Luke.

—Hola.

—Iris, ¿eres tú?

—Sí. ¿Qué tal? ¿Estás bien? Se te oye un poco raro.

—Es que estoy un poco raro.

Iris frunce el ceño.

—¿Cómo?

—Creo… —Luke suspira. Tras él se oye el tráfico, un claxon, e Iris comprende que ha tenido que salir de su casa para realizar la llamada—. Oye, se lo voy a contar a Gina. Se lo voy a decir hoy.

—Luke. —Ella se echa hacia delante, sentada en la manta, presa del pánico—. No. No, por favor.

—He de decírselo. Creo que debo hacerlo.

—No, no tienes que decir nada. Luke, no lo hagas. Por lo menos hoy no. ¿Me lo prometes?

Se produce un silencio. Iris tiene que contenerse para no gritar: no, no lo hagas.

—Pero… creía que tú… —Él tiene la voz tensa pero controlada—. Creía que querías que estuviéramos juntos.

La joven se pasa los dedos por el pelo.

—No es que no quiera —comienza, preguntándose adónde pretende llegar con aquello. Para él sería un desastre dejar a su mujer. Es lo último que ella desea—. Es sólo que… —Busca qué decir—. No quiero que la dejes por mí. —Se interrumpe. Está cavando frenéticos agujeros en la arena. Escucha el silencio al otro lado de la línea. Ni siquiera le oye respirar, sólo el rugido del tráfico—. Luke, ¿sigues ahí?

Él tose.

—Sí.

—Mira, no es un asunto para hablarlo por teléfono. Creo que deberíamos discutirlo tranquilamente, antes de…

—Llevo días intentando hablarlo contigo.

—Ya lo sé, yo…

—¿Puedo ir a verte?

—Pues… no.

Luke suspira de nuevo.

—Iris, por favor. Podría ir ahora mismo y…

—No estoy en casa. Estoy en la playa, con mi tía abuela.

—¿Tu…? —Luke se queda callado—. ¿Quieres decir la mujer de Cauldstone? —pregunta con otro tono.

—Sí.

—¡Iris! ¿Qué estás haciendo con ella? —exclama con su nueva voz autoritaria. A ella le dan ganas de echarse a reír. Por un momento se imagina cómo será Luke en la sala de juicios—. ¿Y qué quieres decir con que estás en la playa? ¿Hay alguien más contigo?

—Luke, cálmate, ¿quieres? No pasa nada.

Él respira hondo y se nota que intenta dominar su genio.

—Iris, esto es muy serio. ¿Está ella ahí ahora mismo? ¿Por qué? ¿No se iba a una residencia?

Ella no contesta. Se hace el silencio en la línea, puntuado por el rugido de una moto a lo lejos. Iris mira en torno a Canty Bay. El perro se ha alejado, está husmeando un banco de algas. Esme se ha inclinado para observar algo en la arena.

—¡Es una estupidez haberte hecho cargo de ella! —exclama Luke—. ¡Una estupidez! Iris, ¿me oyes? No sé por qué tienes esa necesidad de ceder a cada impulso que te pasa por la cabeza. Así no puedes vivir. No tienes ni idea de la tontería que estás haciendo. Si fueras una profesional, a lo mejor, y digo sólo a lo mejor, podrías arreglártelas para…

Iris parpadea. Por un momento no consigue centrarse. Está sentada en Canty Bay. Luke sigue hablándole por teléfono. El perro mira fijamente una gaviota en una roca. Y su anciana tía abuela se está metiendo en el agua completamente vestida.

—¡Esme! —grita, levantándose a toda prisa—. ¡No hagas eso! —Y al teléfono—: He de dejarte. —Y lo tira—. ¡Esme! —grita de nuevo echando a correr por la playa.

No sabe si la anciana la oye. ¿Quiere nadar? ¿O se va a…?

Iris llega a la orilla. Su tía abuela viene caminando por la arena mojada y cristalina mientras diminutas olas rompen en torno a sus tobillos. Lleva los zapatos en una mano y se sujeta la falda del vestido con la otra.

—Es muy interesante —afirma—, ¿no te parece? La ola novena es siempre la más grande, la de más fuerza. Nunca he entendido la mecánica de todo esto. O a lo mejor no es una mecánica. A lo mejor es otra cosa.

Iris se inclina intentando recuperar el aliento.

—¿Estás bien? —pregunta Esme.

La niña la lleva a almorzar a un restaurante en el extremo de North Berwick. Se sientan en una terraza de madera. Iris le pone mantequilla a la patata asada. A Esme le divierte que lo haya hecho sin preguntar, pero no le importa. Las gaviotas quiebran el aire salobre con sus gritos.

—Cuando era pequeña venía aquí a la piscina —comenta Iris, ofreciéndole el tenedor.

Esme tiene que disimular de nuevo su sonrisa. Entonces advierte que Iris le mira el entramado de cicatrices del brazo, así que coge el tenedor y gira el brazo para que las líneas, como bocas blancas fruncidas, apunten al suelo. Entra en el zoótropo un instante, avistando a Kitty en el columpio de la India, su madre tumbada en la cama en Lauder Road. Pero recuerda que ha de hablar y procura salir de allí.

—Ah, ¿sí? —contesta—. Yo siempre quise ir, pero no nos llevaban. Mi madre no veía bien el baño comunitario.

Y mira la extensión de cemento en que han convertido la piscina, luego las otras mesas. Gente comiendo, al sol, un sábado. ¿Es posible que la vida sea tan sencilla?

Iris se inclina sobre la mesa.

—¿Qué te pasó en ese sitio? —pregunta—. En Cauldstone. ¿Qué te hicieron?

Su tono es amable, interesado. La anciana entiende que pregunte, pero se estremece. Cauldstone y este lugar, esta

116

terraza con el mar de fondo, no cuajan. ¿Cómo puede hablar de eso allí? ¿Cómo puede pensar en esas cosas? Ni siquiera las ve en una frase. No sabría cómo empezar.

Se lleva la comida a la boca y descubre que una vez que empieza, no puede parar. Se pone entre los dientes un bocado tras otro de patata blanda y caliente, hasta que tiene los carrillos llenos y no puede mover la lengua.

—Nosotros vivimos aquí una temporada, cuando murió mi padre —comenta Iris.

Esme tiene que tragar una vez, dos veces, para poder hablar, y se hace daño en la garganta.

—¿Cómo murió?

—Fue una tontería. Un estúpido accidente. Ingresó en el hospital para una operación rutinaria, y le dieron un medicamento al que era alérgico. Era joven, sólo tenía treinta y un años.

La anciana ve imágenes de esa escena. Cree que la ha visto, o algo parecido. ¿Cuándo? No se acuerda. Pero recuerda las convulsiones, el cuerpo agitado, la lengua fuera, y luego la espantosa quietud. Tiene que concentrarse en el plato para librarse de la visión.

—Qué pena —dice, y es bueno decir algo, porque su mente se distrae pensando en formar sílabas.

—Mis padres ya estaban separados cuando él murió, así que yo no lo veía mucho, pero todavía lo echo de menos. La semana que viene sería su cumpleaños.

La joven sirve agua de una botella y Esme se sorprende al ver diminutas burbujas, cientos de burbujas subiendo a la superficie, aferrándose al cristal. Alza el vaso y se lo acerca a la oreja. Percibe los diminutos chasquidos de las burbujas al estallar. Deja el vaso cuando ve que Iris la mira con expresión de alarma.

—¿Qué día? —pregunta para llenar el silencio, para tranquilizarla.

—¿Cómo? —Iris todavía parece asustada, pero menos.

—¿Qué día era el cumpleaños de tu padre?

—El veintiocho.

Esme tiende la mano de nuevo hacia el vaso, pero algo la detiene. Parece ver esos números. El trazo de cisne del dos cerca de los dos círculos del ocho. Cambiados de orden hacen ochenta y dos. Con otro cero podrían ser doscientos ochenta, ochocientos veinte, doscientos ocho, ochocientos dos. Se multiplican y se replican en su mente, llenándola hasta los bordes, ristras y ristras de doses y ochos.

Tiene que levantarse y acercarse a la barandilla para librarse de ellos, y entonces ve, debajo de la terraza de madera donde todo el mundo se sienta al sol, una masa de afiladas rocas negras.

… caí en la cuenta de que no tengo ni idea de cuándo es el aniversario de boda de mis padres. Tendría que habérselo preguntado a madre. No lo celebraban, por lo menos que nosotras supiéramos. La boda se habría celebrado en la India, por supuesto. Madre era la típica joven de las colonias y mi padre un recién llegado. Luego dieron una recepción maravillosa en el club, donde acudió todo el mundo, o todo el que era alguien. He visto fotos, madre con un precioso vestido de satén…

… así que me quedé con el suyo, así de sencillo, pero padre me advirtió que nunca dijera nada, que…

… me lo compró mi marido, o alguien lo compró por él, pero él lo pagó de todas formas, y debió de ser idea suya. Y era muy bonito, un círculo perfecto de diminutas piedras de muchas facetas. Siempre reflejaba la luz de una manera preciosa. Las alianzas son un regalo habitual en el nacimiento del primer hijo, me dijo, justo cuando yo estaba de lo más contenta y conmovida, y claro, aquello lo estropeó por completo. Aquel tono suyo tan formal. Siempre le gustó hacer las cosas como Dios manda. Tenía en su mesa una lista de tareas así, y la consultaba. Cuándo dar dinero y cuándo dar oro, esas cosas, y de todas formas…

… y nos llevaron a un estudio en New Town donde intentaron peinarnos a las dos igual, lo cual, por supuesto, era una labor de lo más ingrata, porque ella tenía el pelo desgreñado, largo, rizado por todas partes. De ninguna manera se podía parecer al mío. El mío se cepillaba bien y quedaba impecable, bien liso. Tuvimos que posar mucho rato, totalmente inmóviles. Era habitual, creo, en los retratos de hermanos, que el mayor se sentara y el pequeño posara de pie, detrás. Pero como ella era mucho más alta que yo, la colocaron en la silla y yo me tuve que quedar detrás de pie, con una mano en su hombro, y a mí eso me sentó fatal porque me había pasado toda la mañana almidonando las tablas de mi vestido y, claro, ahora no saldrían en el retrato…

… el vestido de novia de satén vino a Escocia con nosotras. Madre dejó que nos lo probáramos una vez. Primero Esme, porque yo lo quería, lo deseaba con tantas ganas que cuando madre preguntó quién se lo iba a poner primero, no pude decir palabra. Y cuando mi hermana se plantó delante del espejo, le dio la risa. ¡Le quedaba cortísimo! Tenía las piernas muy largas, como una jirafa, y estaba muy cómica, la verdad. Pero no pude reírme con ella, porque le vi la cara a madre y comprendí que no le hacía ninguna gracia que Esme se riera de su vestido. A mí me quedaba perfecto. Madre lo dijo. Ella y yo éramos de la misma altura. Y Esme estaba detrás de nosotras, la veía en el espejo, y preguntó: ¿Entonces a mí no? Se estaba burlando porque, desde luego, no había manera humana de que hubiera podido llevarlo, y madre saltó porque Esme tenía la costumbre de irritarla…

… y cuando oí los gritos recogí la cuerda de la comba y fui corriendo. Estaba hecha un guiñapo en el suelo; madre y padre la miraban impotentes. Bueno, yo estaba más acostumbrada que ellos. La rodeé con los brazos y pregunté: Qué pasa, cuéntamelo, qué es. ¿Qué era? Se me ha olvidado. Siempre pasaba algo, siempre había una razón, por extraña que fuera, pero resultaba imposible adivinarla. Con ella nunca se sabía, no se podía prever qué iba a pasar de un minuto al otro. Creo que por eso…

… y cuando llegó el retrato, madre castigó a mi hermana a quedarse encerrada en su cuarto todo el día. Esme salía furiosa, con la cara congestionada y ceñuda. Madre tenía todo el derecho a enfadarse, por supuesto. Bueno, con lo que había costado y todo eso, era normal. Y para mí también fue una decepción, porque me había pasado toda una mañana preparando la ropa, peinándome con agua y aceite de rosas para estar perfecta. Y todo para nada. Madre dijo que ningún padre en su sano juicio colgaría un retrato así. Pero Esme no estaba nada arrepentida. La silla era muy incómoda, dijo, se le clavaban dos muelles en la pierna. Esme era muy rara para eso, demasiado sensible, casi como la princesa del guisante. ¿Hay un guisante?, le preguntaba cuando por la noche se ponía a dar vueltas en la cama intentando ponerse cómoda, y ella me contestaba: Montones y montones.

… el anillo que me regaló Duncan, el que siempre llevaba en el anular, donde se llevan las alianzas, ahora no lo veo. No está ahí. Abro las manos ante mí, las dos, para asegurarme. No está ahí, le digo a la chica, porque siempre hay una chica vigilándome, nunca anda muy lejos. ¿Perdone?, me dice, y no es que no me haya oído, porque tengo una buena voz, muy clara, me lo han dicho muchas veces. Es que no me escucha. Está toqueteando un gráfico de la pared. Mi anillo, digo en voz alta, para que sepa que hablo en serio. Estas chicas pueden ser muy frívolas. Ah, contesta, pero sigue sin darse la vuelta, yo no me preocuparía ahora por eso, y al oír sus palabras me enfado tanto que me giro en el asiento y digo…

… montones y montones, mientras daba vueltas y vueltas intentando ponerse cómoda, y a mí me daba la risa, y en cuanto me veía riéndome, lo hacía otra vez y otra. Siempre encontraba la manera de hacerte reír. Bueno, hasta que…

Esme contempla las rocas afiladas. Las mira fijamente hasta que empiezan a perder su grosor, hasta que empiezan a parecer extrañas, insustanciales. Como cuando se repite mucho una palabra y al final se convierte en un sonido indistinto. Piensa en esto. Repite «palabra» una y otra vez mentalmente, hasta que sólo oye «plabr-plabr-plabr». Es consciente de que esos números, ese dos y ese ocho, intentan buscar un lugar para volver. Han estado acechando desde el recinto al que ella los empujó y están organizando un asalto, un allanamiento. No piensa permitirlo. Ni hablar. Cierra de golpe todas las puertas, echa los cerrojos, las llaves. Clava la vista en las rocas que se alzan bajo la terraza y escudriña su mente buscando otra cosa, porque las rocas y la palabra «palabra» no van a servir para siempre, eso lo sabe. Y al final recibe su recompensa, porque de pronto descubre que está pensando en la chaqueta. Se examina rápidamente. ¿Puede pensar en esto? Decide que sí.

La chaqueta, la chaqueta. Recuerda exactamente el tacto del fieltro, el picor que producía el cuello, el espantoso emblema bordado en el bolsillo. Nunca le gustó el colegio. Le gustaba trabajar, le gustaban las clases y los profesores. Ojalá el colegio hubiera sido sólo eso. Pero había infinidad de niñas, siempre peinándose y repeinándose y tapándose la boca entre risitas. Eran insufribles.

Esme se aparta de las rocas. Ahora está a salvo. Pero mantiene una mano en la barandilla, por si acaso. Ve las hileras de casas adosadas, alineadas junto a la carretera de la playa. Ve a la niña, Iris, sentada con las piernas cruzadas a la mesa, y de pronto le resulta raro pensar que hace un momento ella también estaba allí sentada. Ve la silla que había sido la suya, que todavía lo es. Está algo apartada de la mesa. Y ahí está su plato, con la patata a medio comer. Le sorprende lo fácil que resulta levantarse y alejarse de una mesa, de un plato de comida, nadie te detiene, a nadie le pasa por la cabeza que ha de detenerte.

Sonríe ante esta idea. En un rincón de su mente el colegio todavía marcha al ralentí. Las risitas, las burlas, la risa que oía a sus espaldas y que cesaba en cuanto ella se daba la vuelta. No le importaba, no le importaba en absoluto. No le interesaban esas niñas y sus fastidiosos fines de semana, sus bailes de puesta de largo, los mensajes que recibían de los prefectos del colegio de chicos. Ella podía abstraerse en las charlas de los profesores, en saber que sus notas eran buenas, mejores casi que las de cualquiera. Pero había días en que sus compañeras le resultaban demasiado pesadas. Cuéntanos cosas de la India, Esme, entonaban, pronunciando «la India» de una manera muy rara por razones que nunca logró entender. Y eso sólo porque una vez se había equivocado al pensar que sus preguntas eran sinceras y les describió el polvo amarillo de las mimosas, las alas iridiscentes de las libélulas, los cuernos curvados del ganado de cara negra. Pasaron varios minutos antes de que advirtiera que todas disimulaban las risas tras las mangas de sus jerséis.

La risa. Estallando tras ella durante las clases, siguiéndola como la cola de un vestido cuando iba por los pasillos. Esme nunca supo en realidad por qué, qué tenía para resultar tan hilarante. ¿Los rizos de tu pelo son naturales?, le preguntaban, y se echaban a reír. ¿Lleva tu madre sari? ¿Tomáis curry en tu casa? ¿Quién te hace la ropa? ¿Cuando salgas del colegio vas a ser una solterona como tu hermana?

122

Aquello colmó el vaso. Esme se volvió de golpe. Le arrebató el transportador a Catriona McFarlane, alta sacerdotisa del club de las risitas, y le apuntó con él como si fuera una varilla de zahorí.

—¿Sabes lo que eres, Catriona McFarlane? —le dijo—. Una criatura que da mucha pena. Eres mala, no tienes alma. Vas a morir sola y abandonada. ¿Me oyes?

Catriona se quedó pasmada, la boca entreabierta, y antes de que pudiera replicar siquiera, ella ya se había alejado.

En la terraza de madera, la niña Iris se agita en su asiento, algo incómoda. ¿Estaba Esme mirándola? No lo sabe a ciencia cierta. En la mesa han aparecido dos tazas de té humeantes. La joven bebe de una, sosteniéndola con las dos manos, y Esme sonríe porque es algo que su madre jamás habría permitido e Iris se parece mucho a ella. Es como si a Esme se le hubiera concedido una visión de su madre en una idílica vida eterna: relajada al sol, con un peinado nuevo, llevándose una taza a la boca con los diez dedos extendidos. La anciana sonríe de nuevo y da una palmada sobre la barandilla.

Fue Catriona quien le cambió la chaqueta. Está segura. Y la única persona que podía haberlo sabido era…

La niña se inclina hacia delante en su silla, está diciendo algo, y la visión de Esme de su madre disfrutando de una celestial taza de té se desvanece. Están sólo ella y la niña, Iris, en una terraza junto al mar, y todo aquello ocurrió hace mucho tiempo. No debe olvidarlo.

Pero no le cabe duda de que fue Catriona. Cuando Esme llegó al guardarropa esa tarde, estaba atestado de niñas que recogían gorros y sombreros de las perchas. Ella salió al pasillo forcejeando por ponerse la chaqueta, metiendo un brazo por una manga y buscando la otra. No la encontraba. Dejó la cartera y lo intentó de nuevo, pero los dedos se deslizaban por el forro sin encontrar la abertura. Más adelante pensaría que en ese momento vio a lo lejos a Catriona alejándose por el pasillo. Esme se arrancó la chaqueta del brazo (de todas formas era una cosa espantosa y no veía por qué tenían que llevarla) y la examinó. ¿Habría cogido la suya? Parecía igual, pero todas lo eran. Y ahí estaba su nombre, «E. LENNOX», cosido en el cuello. Esme metió ambos brazos y se la puso a la espalda de un tirón.

El efecto fue instantáneo. Apenas se podía mover ni respirar. El fieltro de la prenda se estiraba sobre sus hombros, inmovilizándole los brazos contra los costados, clavándose en las axilas. Las mangas, demasiado cortas, dejaban al descubierto las muñecas. Parecía su chaqueta, estaba marcada con su nombre, pero no lo era. No se le cerraba sobre el pecho. Un par de niñas más pequeñas se quedaron mirándola al pasar.

Cuando Esme se sienta a la mesa, Iris le comenta:

—Te he pedido un café, pero no sé si preferirías té. —Le señala la taza, rebosante de espuma blanca. En el platillo, una cucharilla de plata y una galletita marrón. Esme no suele tomar té ni café, pero esta vez hará una excepción. Toca con la punta de los dedos la porcelana ardiendo, luego con la otra mano.

—No —contesta—. Café está bien.

Kitti la esperaba apoyada en la pared de la esquina cuando ella bajó iracunda del tranvía.

—¿Qué pasa? —le preguntó.

—Ésta no es mi chaqueta, mierda —masculló Esme sin detenerse.

—No digas palabrotas. —Kitty echó a andar detrás de ella—. ¿Seguro que no es la tuya?

—Te digo que no. Alguna idiota me la ha cambiado, no sé…

Kitty le dobló el cuello.

—Pues aquí pone tu nombre.

—¡Pero mírala! —Esme se detuvo en medio de la calle y tendió los brazos. Las mangas apenas le llegaban más abajo de los codos—. Está claro que no es mía.

—Has crecido, eso es lo que pasa. Últimamente has crecido mucho.

—Esta mañana me quedaba bien.

Giraron por Lauder Road. Las farolas estaban encendidas, como siempre a esa hora del día, y el sereno pasaba por el otro lado de la calle, con el palo al hombro. Esme notó que la visión se le oscurecía por los lados y pensó que iba a desmayarse.

—¡Ay! —exclamó—. Odio esto. Lo odio.

—¿El qué?

—Pues… esto. Es como si estuviera esperando algo y me da miedo que nunca llegue.

Kitty la miró perpleja.

—¿De qué estás hablando?

Su hermana se sentó en un poyo, tiró la cartera al suelo y miró el resplandor amarillo de la farola de gas.

—No lo sé muy bien.

Kitty rascó el suelo con el pie.

—Escucha, he salido a decírtelo. Madre está muy enfadada contigo. El señor McFarlane ha venido a casa y ha dicho… que le has echado una maldición a su hija.

Esme la observó y al cabo de un momento se echó a reír.

—No tiene gracia. Estaba hecho una fiera. Madre quiere que cuando llegues a casa vayas al estudio de padre y lo esperes allí. Según el señor McFarlane, vaticinaste la muerte de Catriona, te lanzaste encima de ella como una salvaje y le echaste una maldición.

—¿Una maldición? —Esme se enjugó los ojos, todavía riendo—. ¡Ojalá pudiera!

···

Después de comer se marchan del restaurante por el camino hacia el pueblo. El viento las ataca desde ambos lados; Iris se estremece al tiempo que se abrocha la chaqueta, y ve que la anciana se inclina hacia la ráfaga de aire, ofreciendo la cara. Hay algo raro en ella, reflexiona, no es que se adivine necesariamente que ha pasado encerrada toda la vida, pero hay algo, tal vez sus ojos tan abiertos, o su desinhibición, que la distingue de los demás.

—¡Ja! —exclama Esme con una sonrisa—, hacía mucho tiempo que no notaba un viento así.

Pasan junto a unas ruinas que yacen en la hierba, piedras que le recuerdan dientes viejos. Esme se detiene para mirarla.

—Era una abadía —explica Iris, señalando con el pie un muro bajo y desmoronado. Luego recuerda algo que leyó en una ocasión—. Se supone que el diablo apareció aquí ante una congregación de brujas y les enseñó un hechizo para ahogar al rey.

Esme se vuelve hacia ella.

—¿De verdad?

La joven se sorprende ante la intensidad de la pregunta.

—Bueno —disimula—, eso es lo que declaró una de ellas.

—Pero ¿por qué iba a decirlo si no era verdad?

Iris se queda pensando un momento, sin saber muy bien cómo explicarlo.

—Supongo que las empulgueras son un gran estímulo para la creatividad —apunta con cautela.

—Ah. ¿Quieres decir que las torturaron?

Iris carraspea y acaba tosiendo. ¿Por qué ha empezado esa conversación? ¿Cómo se le ha ocurrido?

—Creo que sí —murmura—. Sí.

126

La anciana camina junto a uno de los muros, adelantando un pie detrás del otro de manera rítmica, deliberada, como una marioneta. Al llegar a una esquina se detiene.

—¿Y qué les pasó? —pregunta.

—Pues... —La joven echa un vistazo alrededor, buscando a la desesperada algo para distraer a su tía abuela—. No lo sé muy bien. —Hace un gesto desmesurado hacia el mar—. ¡Mira! ¡Barcos! ¿Vamos a verlos?

—¿Las mataron? —insiste la otra.

—Pues... eh... posiblemente. —Se rasca la cabeza—. ¿Quieres ir a ver los barcos? O quizá un helado. ¿Te apetece un helado?

Esme se endereza, sopesando una piedra que tiene en la mano.

—No. ¿Las quemaron o las estrangularon? En algunas zonas de Escocia mataban a las brujas estrangulándolas, ¿no? O las quemaban vivas.

Iris tiene que reprimir el impulso de taparse la cara con las manos. Al final la agarra del brazo y se la lleva de la abadía.

—Tal vez deberíamos volver a casa. ¿De acuerdo?

La anciana asiente con la cabeza.

—Muy bien.

Iris camina con cuidado, planeando mentalmente la ruta hasta el coche, decidida a evitar cualquier otro lugar histórico.

... una palabra para eso, sé que la hay. Lo sé. Ayer la sabía. Es una cosa rara que se cuelga del techo, un armazón de alambre sobre el que se tensa una tela púrpura. Y luego ponen una luz enroscada dentro. Cuando oscurece, hay un interruptor en la pared para encenderla. Pero ¿cómo se llamaba eso? Estoy segura de que lo sé, lo tengo en la punta de la lengua, empieza por...

... leen, Kathleen. Hay una mujer inclinada sobre mí, demasiado cerca, tiene una cuchara de madera. La cuchara está vestida con falda y delantal, tiene hebras de lana pegadas a modo de pelo y una cara pintada con una ancha sonrisa roja. Es un objeto grotesco, una cosa espantosa. ¿Y por qué me la pone en el regazo? Ahora veo que a todo el mundo le han dado una y no sé por qué. Lo único que se puede hacer es tirarla al suelo. La falda de la cuchara se alza sobre su cabeza y se le ve el único miembro pálido mientras yo...

... de manera que madre se detuvo en la esquina y la obligó a volver a casa por sus guantes. En esa época siempre había que llevar guantes, no se podía salir con las manos desnudas, y menos proviniendo de una familia como la nuestra. Guantes de piel, ajustados a las manos, todo el mundo conocía su talla. Tiene los dedos larguísimos, nos dijo el hombre de la guantería de Maule. Llego a una octava y dos, replicó ella con una sonrisa. El hombre no tenía ni idea de a qué se refería. Ella era buena pianista, aunque demasiado indisciplinada, protestaba mi abuela. Pero madre la mandó de vuelta por los guantes, y a que se pusiera bien los calcetines, que se le habían deslizado por la pierna y dejaban al descubierto la piel entre la falda y el elástico, lo cual, por supuesto, estaba prohibido. Al fijarme en su expresión sombría decidí acompañarla. No lo soporto, no lo soporto, me susurró mientras caminábamos, y ella iba más deprisa que de costumbre, así que yo casi tenía que correr para no quedarme atrás. Tantas reglas, tantas reglas ridículas, ¿cómo demonios puede alguien acordarse de todas? Sólo son unos guantes, le dije yo, ya te lo recordé al salir de casa. Pero ella estaba furiosa, siempre tan impaciente. Y por supuesto no encontramos los guantes, o encontramos sólo uno, no me acuerdo. Lo que sí sé es que miramos por todas partes. Yo no puedo pensar en todo, me quejé mientras buscábamos, porque ella siempre andaba perdiendo el uno o el otro y siempre me tocaba a mí acordarme de los míos y de los suyos, y ya empezaba a…

… NAAA-NII, na-ni-no-ni-no-nii, la-la-la, la-la-la-, NAAA-NII, na-ni-no-ni-no-niii. Chopin. Lo tocaba a todas horas. Hacía temblar la suricata disecada que descansaba sobre la tapa del piano. Madre lo detestaba. Toca algo bonito, Esme, le decía, no ese espantoso…

… definitivamente, yo sabía esa palabra. Alguien ha venido a encender las luces. Los otros se levantan y toquetean los mandos del televisor y a mí me gustaría volver a mi habitación, pero ahora mismo no hay nadie que me ayude, de manera que tendré que esperar, intentando recordar la palabra para esa cosa que cuelga del techo. Una estructura de alambre con tela y una bombilla dentro, encendida…

… podía haber dicho lo de la chaqueta. ¿Lo dije? Se me ha olvidado. Esme. Soy yo, Esme. No lo soltaba, dijeron. Es difícil saber si…

… y la primera vez que lo vi creí que me iba a derretir como azúcar en agua. En Tollcross bajamos del tranvía, que se había estropeado, se había soltado el contacto del cable, y yo tenía que ayudar a madre con sus recados, de manera que las dos íbamos cargadas de cajas y paquetes. Bajamos a la calle y allí estaba él, junto a su madre, también con cajas y paquetes. Parecíamos imágenes en un espejo. Madre y la señora Dalziel hablaron del tiempo y del tranvía y de la salud de sus maridos, en este orden, y la señora Dalziel presentó a su hijo. Éste es mi James, dijo, pero naturalmente yo ya lo sabía. Todas las chicas de Edimburgo conocían el nombre de Jamie Dalziel. James, dije, y él me tomó la mano. Es un placer conocerte, Kitty, contestó, y a mí me encantó cómo pronunció mi nombre, cómo me guiñó el ojo cuando madre miraba hacia la calzada por si llegaba el siguiente tranvía, cómo llevaba las cajas, que en sus manos parecían livianas.

Por la noche metí bajo la almohada el guante que llevaba esa tarde. Cuando nos marchábamos, la señora Dalziel me invitó a su fiesta de fin de año. Tenéis que venir tu hermana y tú, dijo. Y le llamó «Jamie» al marcharse. Jamie, ten cuidado con los paquetes. Eso pasó sólo una semana después de que lo conociera en las Meadows. Él estaba con un amigo, Duncan Lockhart, pero yo casi ni lo miré, por supuesto. Adónde vas, me preguntó, caminando a mi lado, y yo le contesté: Estoy esperando a mi hermana. Yo también tengo una hermana pequeña, comentó él, y yo repliqué: Bueno, la mía ya no es tan pequeña, es más alta que yo y pronto terminará el colegio. Y justo en ese momento la vi bajar por la carretera. Se acercó a nosotros y, ¿sabes qué?, apenas se dignó mirarlo. Hola, me saludó, y yo le dije: Te presento a mi hermana Esme, y él sonrió, con ese gesto suyo tan peculiar, le tomó la mano y le dijo: Encantado. Eso mismo: encantado. Y ella se echó a reír, ¡se echó a reír!, y apartó la mano. ¡Pero qué repipi!, y añadió: Idiota, en voz alta para que él lo oyera. Y al mirarlo me di cuenta de que él la miraba a ella, y cómo, cualquiera diría que estaba a punto de derretirse como azúcar en agua, y cuando lo vi…

… el problema era también que cada vez que íbamos a cualquier sitio las dos, y nos invitaban con bastante frecuencia, por el apellido de la familia, claro, aunque ella se había negado a hacer amistad con las niñas de su colegio (Arpías, decía, así las llamaba), cada vez que íbamos a cualquier sitio, pues, una fiesta, un té o un baile, siempre hacía algo raro, algo inesperado. Se ponía a machacar el piano, o a hablar con un perro todo el rato; una vez trepó a un árbol y se quedó allí sentada en las ramas, mirando a lo lejos y retorciéndose esas greñas suyas. Estoy segura de que muchos dejaron de invitarnos por su comportamiento. Y debo reconocer que a mí me molestaba muchísimo. Madre decía que tenía todo el derecho a sentirme así. Me dijo: Que tú, que siempre muestras en tu comportamiento el más absoluto decoro, tengas que sufrir por ella no es justo. Una vez oí una conversación…

… el mío era de organdí blanco con ribetes de azahar, y no quería que se rompiera con el acebo, así que ella llevaba la corona. A ella no le importaba su vestido. Terciopelo escarlata, había elegido. Escarlata. Pero al final fue tafetán burdeos. Y decía que no le quedaba bien, que las costuras no estaban rectas y eso lo veía hasta yo, pero que le importaran tanto esas cosas…

… una joven se agacha delante de mí y veo que me está desatando los zapatos y me los quita y le digo: Yo me lo llevé, yo me lo llevé, y nunca se lo he dicho a nadie. La chica me mira y ríe disimuladamente. Nos lo cuentas todos los días, dice. Yo sé que está mintiendo, así que le replico: Era de mi hermana, ¿sabes? Y ella se vuelve para hablar con alguien por encima del hombro y…

… oí que hablaban de ella, se reían de ella. Una chica con una blusa de lino preciosa, con muchos fruncidos. Estaba con dos hombres y señalaba a Esme. Mirad al bicho raro, dijo. El bicho raro, la llamó. Así que miré y ¿te puedes creer que estaba en una butaca con una rodilla apoyada en el brazo, un libro en el regazo y las piernas totalmente abiertas bajo la falda? ¡Estábamos en un baile, por Dios! A mí me había gustado mucho que nos invitaran, era una buena familia, y supe que después de aquello no volverían a invitarnos. No me quedó más remedio que acercarme, con la cara ardiendo porque todos me miraban, y la llamé por su nombre dos veces, pero ella estaba tan absorta en su lectura que ni me oyó, así que tuve que sacudirla por el brazo. Y entonces me miró como si acabara de despertarse, ¡y se estiró! Se estiró y todo, y me saludó: Hola, Kit. Y entonces debió de darse cuenta de que yo estaba a punto de echarme a llorar, porque se puso muy seria y me preguntó: ¿Qué pasa? Y yo respondí: Tú. Estás destrozando mis oportunidades. Y ella me replicó: ¿Oportunidades de qué? Y en ese momento comprendí que si quería…

… cómo la miraba…

… la suricata temblando en su caja de cristal. Por lo visto la había cazado mi abuelo, y la abuela le tenía mucho cariño. El animal mostraba una expresión ofendida, ésa era la palabra que usaba mi abuela, ofendida. Y no es de extrañar, añadía, mirándola mientras tocaba, ¿a quién le gustaría que lo encerraran en una…?

… NAAA-NII, na-ni-no-ni-no-nii. Me acuerdo de eso…

Y caminan las dos, Esme detrás de la niña, Iris, sin perder de vista los tacones de sus zapatos rojos, que desaparecen, asoman, desaparecen de nuevo mientras andan por la acera de North Berwick. La joven le ha dicho que vuelven al coche, y ella está deseando subir al vehículo y arrellanarse en el asiento, porque a lo mejor vuelve a poner la radio para oír música durante el trayecto.

Mientras anda piensa en aquella discusión con su padre, una noche justo antes de acostarse, cuando el fuego ya languidecía y Kitty, su madre y su abuela estaban ocupadas con lo que ellas llamaban «sus labores», y su madre acababa de preguntarle dónde estaba el bordado que le había dado. Y Esme no podía contestar que lo había escondido en su habitación, que estaba metido detrás de los cojines de la butaca.

—Deja ya el libro, Esme —ordenó su madre—. Ya has leído bastante por hoy.

Pero ella no podía, porque los personajes y la situación en que estaban la tenían absorta, pero entonces su padre apareció y le arrebató el libro, cerrándolo sin marcar la página, y de pronto el mundo quedó reducido otra vez a la habitación en que ella se encontraba.

—Obedece a tu madre —le espetó—. ¡Por Dios bendito!

Ella se incorporó arrebatada de furia, y en lugar de decir: Por favor, devuélveme el libro, soltó: Quiero seguir en el colegio.

Se le había escapado, sabía que no era el momento para sacar el tema, que no llegaría a ninguna parte, pero aquel deseo le hacía daño por dentro, y no pudo contenerse. Pero las palabras salieron solas de su escondite. Sentía las manos extrañas e inútiles sin el libro, y la necesidad de seguir en el colegio se había alzado y había salido de su boca sin que ella lo decidiera.

Hubo un silencio. Su abuela se volvió hacia su hijo. Kitty miró un momento a su madre antes de centrarse en su labor. ¿Qué era lo que hacía? Un ridículo paño de encaje y cintas para su «ajuar», como ella lo llamaba, con aquel afectado acento francés que a Esme la enfurecía tanto que le daban ganas de gritar. La doncella había dicho hacía poco: Primero tendrás que buscarte un marido, y Kitty se disgustó tanto que salió corriendo de la sala, así que Esme sabía que era mejor no criticar aquel creciente montón de encaje y seda que se acumulaba en el armario.

—Ni hablar —dijo su padre.

—Por favor. —Esme se levantó, agarrándose las manos para contener su temblor—. La señorita Murray dice que podría conseguir una beca, y luego tal vez ir a la universidad y…

—No serviría de nada —declaró su padre, al tiempo que se acomodaba en su butaca—. Mis hijas no trabajarán.

Ella dio una patada en el suelo, y con ello se sintió mejor, aunque sabía que era un gesto absurdo que empeoraría las cosas.

—¿Y por qué no? —gritó, porque últimamente notaba que algo se cernía sobre ella. No soportaba la idea de que en pocos meses estaría allí, entre esas cuatro paredes, sin ninguna razón para salir de la casa, vigilada todo el día por su madre y su abuela. Kitty se marcharía pronto, llevándose sus encajes y cintas. Y no habría alivio, no podría escapar de su habitación ni de su familia, hasta que se casara, y la idea del matrimonio era igual de agobiante, si no peor.

Están en el coche. Iris presiona un botón y la anciana ve que en el lateral destella una luz naranja. Abre la puerta y sube.

Un par de días más tarde las dos hermanas se encontraban en su habitación. Kitty cosía otra vez lo que fuera (un vestido, una enagua, quién sabe). Esme estaba en la ventana, observando cómo su aliento blanqueaba el cristal, para luego pasar los dedos y oírlos chirriar.

Su abuela entró en la habitación.

—Kitty. —Había una desacostumbrada sonrisa en su rostro—. Date prisa, que tienes visita.

La muchacha dejó la aguja.

—¿Quién es?

Su madre apareció detrás de la abuela.

—Kitty, deprisa, guarda eso. Ha venido, espera abajo…

—¿Quién? —insistió Kitty.

—El chico Dalziel. James. Está hojeando el periódico, pero no podemos retrasarnos.

Esme observaba la escena desde el asiento de la ventana. Su madre empezó a arreglar el pelo de Kitty, metiéndoselo detrás de las orejas, luego ahuecándolo.

—Le he dicho que venía a buscarte —anunció Ishbel con voz temblorosa de júbilo—, y él ha contestado: Perfecto. ¿Te das cuenta? «Perfecto.» Así que vamos, date prisa. Estás muy guapa y no te dejaremos sola, así que no tienes que…
—Se volvió y, al ver a su hija menor en la ventana, añadió—: Tú también. Vamos, deprisa.

Esme bajó despacio por la escalera. No tenía el menor deseo de conocer a ningún pretendiente de Kitty. A ella todos le parecían iguales: hombres nerviosos y repeinados, con las manos bien lavadas y la camisa planchada. Les servían el té, y se esperaba que las dos hablaran con ellos, mientras su madre se quedaba sentada como un árbitro en el otro extremo de la habitación. En esas situaciones la asaltaba un arranque de honestidad y le entraban ganas de decir: Dejémonos de cuentos, ¿quieres casarte con ella o no?

Se detuvo en el rellano, mirando una sombría acuarela de cielo gris de la costa de Fife. Pero su abuela apareció abajo en el recibidor.

—¡Esme! —siseó, y ella bajó presurosa el último tramo.

Ya en el salón, se dejó caer en la butaca de altos brazos que había en un rincón, enroscó los tobillos en torno a las pulidas patas y observó al pretendiente. Lo mismo de siempre, tal vez un poco más guapo que la mayoría. Pelo rubio, frente arrogante, puños impecables. Le estaba preguntando a Ishbel algo sobre las rosas que había en un cuenco de la mesa. Esme tuvo que contener el impulso de hacer una mueca, mientras Kitty estaba sentada muy tiesa en el sofá, sirviendo té en una taza, con el rubor subiéndole por el cuello.

En momentos así siempre se entretenía con el mismo juego: miraba en torno a la sala y calculaba cómo recorrerla sin tocar el suelo. Podía saltar del sofá a la mesa de centro, y de ahí a la chimenea, y luego...

Se dio cuenta de que su madre la miraba diciendo algo.

—¿Sí?

—James te estaba hablando —respondió su madre, y el ligero aleteo de sus fosas nasales significaba que más le valía comportarse si no quería tener problemas.

—Sólo comentaba... —comenzó aquel tal James, inclinado hacia delante en su asiento, con los codos en las rodillas. De pronto le pareció que le sonaba de algo. ¿Lo conocía de antes? No estaba segura— lo bonito que es el jardín de tu madre.

Se produjo una pausa y Esme se dio cuenta de que era su turno de réplica.

—Ah. —No se le ocurrió otra cosa.

—¿Serías tan amable de enseñármelo?

Esme parpadeó, perpleja.

—¿Yo?

De pronto fue consciente de que todo el mundo la miraba, su madre, su abuela, Kitty, James, y la expresión de su madre era de tal desconcierto, de tal horror, que a Esme casi le dio la risa. Su abuela movía la cabeza del joven a Esme, luego a Kitty y de nuevo al joven. También ella empezó a comprender la situación, porque tragó saliva deprisa y tuvo que tender la mano hacia el té.

—No puedo —contestó.

James sonrió.

—¿Y eso por qué?

—Pues… —Esme pensó un momento—. Me he hecho daño en la pierna.

—Ah, ¿sí? —James se reclinó en su asiento y se quedó mirándola, pasando la vista por sus tobillos y rodillas—. Vaya, lo siento mucho. ¿Y cómo ha sido?

—Me caí —masculló ella, y se llevó a la boca un trozo de tarta para poner punto final a la conversación.

Por suerte su madre y su abuela acudieron al rescate, atropellándose en sus ansias de ofrecer la compañía de su hermana.

—A Kitty le encantaría…

—¿Por qué no vas con Kitty, que…?

—… enseñarte algunas plantas muy interesantes al fondo del jardín…

—… sabe muchísimo del jardín, me ayuda muy a menudo, ¿sabes…?

136

James se puso en pie.

—Muy bien. —Ofreció el brazo a la hermana mayor—. ¿Vamos entonces?

Cuando se marcharon, Esme desenroscó los tobillos de las patas de la silla y se permitió una mueca, sólo una, levantando los ojos un instante hacia el techo. Pero se dio cuenta, demasiado tarde, de que James probablemente la habría visto, porque cuando salía por la puerta se había vuelto para mirarla.

No recuerda cuántos días pasaron hasta aquel otro momento en que iba caminando bajo los árboles. Era por la tarde, eso sí lo sabe. Se había quedado en el colegio para terminar una redacción. La niebla se extendía sobre la ciudad, pegándose a las casas, las calles, las farolas, las ramas negras, que se tornaban borrosas, sin un contorno definido. Tenía el pelo húmedo bajo el gorro del colegio y los pies helados en los zapatos.

Se cambió la cartera de hombro y en ese momento captó una oscura forma que se deslizaba entre los árboles del parque Meadows. Apresuró el paso, esforzándose por no mirar atrás. La niebla se hacía cada vez más densa, gris y húmeda.

Se estaba echando el aliento en los dedos helados cuando de pronto un cuerpo se materializó junto a ella en la penumbra y la agarró del brazo. Esme soltó un grito, cogió la cartera por la correa de cuero y la descargó sobre la cabeza de su agresor con todo el peso de sus libros. Él soltó un juramento y un gemido, trastabillando. Esme ya había echado a correr cuando oyó que la llamaba por su nombre.

Se detuvo para escudriñar entre la niebla. La figura volvió a cobrar forma, esta vez con una mano en la cabeza.

—¿Por qué me has golpeado, por Dios? —gruñó.

Esme lo miró perpleja. No podía creer que aquél fuera el espantoso espectro de la oscuridad. Tenía el pelo rubio, la cara tersa, un buen abrigo y acento de clase alta.

—¿Te conozco? —preguntó.

Él se había sacado un pañuelo del bolsillo para enjugarse la sien.

—Mira —exclamó—, sangre. Me has hecho sangre —la acusó. Ella miró la tela blanca y vio tres gotas de color escarlata. De pronto él pareció asimilar las palabras de Esme—. ¿Que si me conoces? —repitió escandalizado—. ¿No te acuerdas?

La muchacha volvió a mirar aquella figura que inspiraba en ella una sensación de opresión, de inmovilidad y aburrimiento. Un interruptor saltó en su cabeza y se acordó. James. El pretendiente al que le gustaba el jardín.

—Estuve en tu casa. Estabas tú, tu hermana Katty y...

—Kitty.

—Eso, Kitty. Fue hace unos días. No puedo creer que no me hayas reconocido.

—La niebla —se excusó Esme vagamente, preguntándose qué querría, cuándo podría marcharse sin ser maleducada. Se le estaban helando los pies.

—Pero primero nos conocimos allí. —Señaló a sus espaldas—. ¿Te acuerdas?

Esme asintió, disimulando una sonrisa.

—Sí. Don Encantador.

Él hizo una burlona reverencia y le tomó la mano como para besarla.

—Ése soy yo.

Ella apartó la mano.

—Bueno, tengo que irme. Adiós.

Pero él le tomó el brazo, lo entrelazó con el suyo y echó a andar con ella.

—En fin —prosiguió, como si todavía estuvieran hablando, como si ella no acabara de decir «adiós»—, todo eso da igual, porque lo importante, por supuesto, es cuándo vas a venir al cine conmigo.

—No voy a ir.

—Te aseguro que sí —declaró él con una sonrisa.

Esme frunció el ceño y sus pasos vacilaron. Intentó zafarse de la mano de él, pero el joven sostuvo sus dedos con firmeza.

—Pues yo te aseguro que no. Y lo sé mejor que nadie.

—¿Por qué?

—Porque depende de mí.

—Ah, ¿sí?

—Desde luego.

—¿Y si yo se lo pidiera a tus padres? —insistió él, presionándole más la mano—. Entonces, ¿qué?

La muchacha por fin consiguió retirarla de un tirón.

—No puedes pedirles a mis padres que vaya al cine contigo.

—¿De veras?

—De veras. Y aunque ellos dijeran que sí, yo me negaría. Preferiría… —Intentó dar con algo extremo, algo que lo disuadiera de una vez por todas—. Preferiría clavarme alfileres en los ojos. —Con eso debería bastar.

Pero él sonreía como si acabara de oír algo sumamente halagador. ¿Qué le pasaba a ese chico? El joven se reajustó el guante y se tiró de los puños mirándola de arriba abajo, como si estuviera considerando si comérsela o no.

—Alfileres, ¿eh? No te enseñan muchos modales en ese colegio tuyo, ¿eh? Pero me gustan los desafíos. Te lo voy a preguntar una vez más. ¿Cuándo vendrás al cine conmigo?

—Nunca —replicó ella. Y de nuevo se quedó pasmada al ver su sonrisa. No creía haber sido tan grosera con nadie.

Él se acercó y Esme se empeñó en no ceder terreno.

—Tú no eres como las otras, ¿eh? —murmuró.

A pesar de sí misma, se interesó por aquella declaración.

—Ah, ¿no?

—No. Tú no eres una lánguida violeta de salón. Eso me gusta. Me gusta un poco de genio, si no la vida es un aburrimiento, ¿no te parece? —El blanco de sus dientes relumbró en la penumbra y Esme sintió su aliento en la cara—. Pero ahora en serio —prosiguió, y su tono sonó firme, inflexible, y ella pensó que seguramente ésa era la forma en que hablaba a sus caballos. Aquella idea le hizo gracia. ¿No era la familia Dalziel conocida por su maestría ecuestre?—. No voy a malgastar palabras bonitas y frases convincentes contigo. Sé que no te hacen falta. Quiero salir contigo, así que dime cuándo.

—Ya te lo he dicho —replicó, sosteniéndole la mirada—. Nunca.

James la agarró del brazo y ella se sorprendió tanto de su insistencia como de su fuerza.

—Suéltame —protestó, retrocediendo, pero él la retuvo—. ¡Déjame! ¿Quieres que vuelva a pegarte?

Entonces la soltó.

—No me importaría.

Y mientras Esme se alejaba, lo oyó a sus espaldas:

—Voy a invitarte a tomar el té.

—¡No iré! —gritó ella, volviendo la cabeza.

—Desde luego que vendrás. Pienso decirle a mi madre que invite a la tuya. Así tendrás que venir.

—¡No iré!

—Podrías tocar el piano. Tenemos un Steinway.

Esme aminoró el paso y se volvió a medias.

—¿Un Steinway?

—Sí.

—¿Cómo sabes que toco el piano?

Él soltó una risa que resonó en el pavimento mojado.

—He investigado un poco acerca de ti. No fue difícil, parece que llamas bastante la atención. Me he enterado de

140

muchas cosas, pero no puedo decírtelas. Bueno, qué, ¿vendrás a tomar el té?

Esme dio media vuelta de nuevo hacia su casa.

—Lo dudo.

Iris está saliendo de la carretera de la costa para tomar el cinturón de Edimburgo, con Esme a su lado, cuando decide que tal vez debería llamar a Luke. Sólo por si acaso. Sólo para asegurarse de que no ha hecho ninguna tontería.

Mientras se incorpora al carril de aceleración, saca el móvil del bolsillo con una mano, sin apartar los ojos de la carretera ni el pie del pedal. Ha prometido a Luke que jamás le llamará durante los fines de semana. Conoce las reglas. Pero ¿y si se lo ha dicho a su mujer? No, imposible. No se habrá atrevido. Seguramente no.

Suspira y deja el teléfono sobre el salpicadero. Puede que ya sea hora, reflexiona, de apartar a Luke de su vida.

Esme se agitaba en la butaca tapizada con una gruesa tela marrón, ya desgastada en los brazos, de manera que notaba en las piernas los afilados cañones de las plumas. Rebulló de nuevo, lo cual atrajo la mirada de su madre, y tuvo que contenerse para no sacarle la lengua. ¿Por qué la había obligado a ir?

Estaban hablando de la inminente fiesta, de la dificultad que suponía organizar una invitación en Edimburgo, de la mejor lechería donde comprar nata. Esme intentaba prestar atención, consciente de que tal vez debería intervenir. Todavía no había dicho nada y le parecía que podía ser el momento de tomar la palabra. Kitty, en el sofá con su madre, lograba ir deslizando alguna observación, aunque sólo Dios sabía qué podía tener que decir sobre la compra de nata. La señora Dalziel comentó algo sobre el corte que tenía Jamie en la cara: por lo visto se había dado un golpe con una rama en la niebla. Esme se quedó de piedra, incapaz de articular palabra.

—¡Pues sí que te hiciste daño, James! —se apiadó la madre de Esme.

—No; se lo aseguro. Me he hecho heridas peores.

—Espero que se te cure a tiempo para la fiesta. ¿Recuerdas en qué árbol fue? A lo mejor habría que informar a las autoridades. Parece peligroso.

Jamie carraspeó.

—Sí que es peligroso. Y tiene razón, sería buena idea avisar a quien corresponda.

Esme, con la cara ardiendo, buscó con la vista algún sitio para dejar la taza de té. No había ninguna mesa ni superficie cerca. ¿En el suelo? Miró el parquet por encima del brazo de la butaca. Se le antojó que quedaba a una distancia enorme, y no estaba muy segura de poder mantener la taza en equilibrio sobre el platillo con el ángulo que la trayectoria requería. No quería ni imaginar qué pasaría si rompía una taza de la señora Dalziel. Kitty y su madre habían dejado las suyas en una mesita que tenían delante. Esme se estaba desesperando. Se movió una vez más para ver si había alguna mesa al otro lado de la enorme butaca, y de pronto Jamie apareció ante ella tendiendo el brazo.

—¿Puedo retirarla? —se ofreció.

Ella le dio la taza.

—Ah, gracias.

Él le hizo un guiño y la muchacha advirtió que la señora Dalziel les clavaba una mirada más afilada que un cuchillo.

—Dígame, señora Lennox —dijo la mujer, alzando un poco la voz—, ¿qué planes tiene para Esme cuando salga del colegio?

142

—Bueno —comenzó su madre, y la joven sintió una oleada de indignación. ¿Por qué no se lo preguntaba a ella directamente? ¿Acaso no podía hablar por sí misma?

Abrió la boca sin tener la más mínima idea de lo que iba a salir de ella, hasta que oyó:

—Voy a viajar por el mundo. —Y se quedó bastante satisfecha con la idea.

Desde su silla, Jamie resopló de risa y tuvo que disimularlo tosiendo en un pañuelo. Kitty la miraba pasmada y la señora Dalziel alzó un par de anteojos a través de los cuales la observó, desde los pies hasta un punto sobre su cabeza.

—Ah, ¿sí? Bueno, pues así estarás ocupada.

La madre de las chicas dejó la cucharilla en el plato con un chasquido.

—Esme es… es todavía muy joven… Tiene algunas ideas bastante… peculiares sobre…

—Ya veo. —La señora Dalziel miró un instante a su hijo, que volvió la cabeza hacia Esme, y en el mismo momento ésta vio a su hermana. Kitty tenía la vista gacha, pero alzó los ojos hacia Jamie durante un segundo y su expresión cambió: se le enrojeció el cuello y apretó los labios. Esme se quedó de piedra, perpleja, hasta que por fin se inclinó para levantarse.

Todos los ojos se fijaron en ella. La señora Dalziel cogió nuevamente los anteojos, con el ceño fruncido. La joven se plantó en medio de la sala.

—¿Podría tocar su piano?

La anfitriona ladeó la cabeza, se apretó los labios con dos dedos y miró a su hijo.

—Desde luego —concedió.

El joven se levantó de un brinco.

—Yo te enseño dónde está. —Y la acompañó al pasillo—. Le has caído bien —susurró mientras cerraba la puerta.

—Qué va. Piensa que soy el mismo diablo.

—Tonterías. Es mi madre y lo sé. Le gustas. —Jamie la cogió del brazo—. Por aquí. —La condujo hacia una sala al fondo de la casa. El follaje exterior rozaba las ventanas, lo cual confería un peculiar resplandor verde a las paredes.

Esme se sentó al piano y pasó las manos sobre la tapa de madera negra, donde en letras doradas se leía «Steinway».

—De todas formas no veo qué importancia puede tener eso.

—Tienes razón, da igual —convino él, inclinándose sobre el piano—. Yo puedo elegir a quien quiera.

Ella lo miró un instante y vio que Jamie la observaba fijamente, sonriendo, el pelo cayéndole sobre los ojos. Se preguntó cómo sería estar casada con él. Intentó imaginarse en aquella casa enorme con sus paredes oscuras, sus ventanas cegadas por las plantas, su escalera de caracol y una habitación arriba que sería suya, y otra para él, cerca. Se sorprendió al comprender que podía tener todo aquello, que podía ser suyo. Podía convertirse en Esme Dalziel.

Extendió los dedos en un suave acorde.

—No importa —contestó sin levantar la vista—, porque no pienso casarme.

Él se echó a reír.

—Ah, ¿no? —Se sentó a su lado en el taburete, muy cerca—. Voy a decirte una cosa —le murmuró al oído, y Esme clavó la mirada en el remache del atril, en la rizada y de Steinway, en la afilada raya de su pantalón. Nunca había estado tan cerca de un hombre. Notó la presión de su mano en la cintura y captó un olor penetrante, como a colonia y cuero fresco. No era desagradable. Él prosiguió—: De todas las chicas que he conocido, eres la más idónea para el matrimonio.

Esme se sorprendió, porque aquello no era en absoluto lo que esperaba oír. Se volvió para mirarlo.

—Ah, ¿sí? —replicó. Pero James tenía muy cerca la cara, tanto que ella la vio borrosa, y de pronto temió que intentara besarla, de manera que inclinó la cabeza.

—Sí —le susurró él al oído—, tienes la personalidad necesaria. Podrías igualar a un hombre, sin desmerecer en nada. A ti no te intimidaría.

—¿El matrimonio?

—La mayoría de las mujeres se someten. Siempre ocurre lo mismo, las jovencitas se convierten en matronas aburridas en el mismo instante en que se ponen el anillo en el dedo. En tu caso sería distinto. Tú no cambiarías en nada. No te imagino cambiando por nada. Y eso es lo que quiero. Por eso te quiero a ti.

La presión de su mano en la espalda aumentó y Esme se vio atraída hacia él. Notó el contacto de sus labios en el punto donde terminaba la blusa y empezaba el cuello. El impacto fue electrizante. Era lo más íntimo que alguien le había hecho. Cuando se movió para mirarlo, perpleja, descubrió que él estaba riendo, inclinado sobre su hombro, y sintió deseos de preguntar: ¿Es eso, es eso, es así como sería, así? Pero oyó que se abría la puerta del salón y la voz de la madre de Jamie:

—¿Por qué no vas con ellos, Kitty, cariño?

Apartó la mirada de Jamie justo a tiempo de ver a su hermana entrar en la sala. Kitty cruzó el umbral y alzó la cabeza. Parpadeó muy despacio antes de apartar la mirada. Esme apoyó las manos en el taburete del piano y se levantó para acercarse a su hermana y entrelazar el brazo con el de ella, pero Kitty seguía sin mirarla; su brazo se notaba pesado, sin vida.

En el tiempo real, Esme está en el coche, regresando a Edimburgo desde la playa. Ha decidido fingir que duerme. No porque esté cansada, sino porque necesita pensar. Reclina la cabeza y cierra los ojos. Al cabo de unos momentos, la niña, Iris, apaga la radio. La música orquestal, que en realidad Esme iba disfrutando, guarda silencio.

Es el acto más amable que le han dedicado en mucho tiempo y casi se echa a llorar, que es algo que ya nunca sucede. Le sobreviene el impulso de abrir los ojos y tomar la mano de la niña, pero no lo hace. La niña no confía en ella, no le hace ninguna gracia su presencia, Esme es consciente de ello. Pero, por sorprendente que parezca, le preocupaba que la música perturbara su sueño. Increíble.

Para no llorar, piensa, se concentra.

El día de Nochevieja, Kitty y su madre van por la tarde a recoger los vestidos a la modista, una mujer pequeña con un moño. Mientras ellas están fuera, Esme va al dormitorio de su madre, mira en el joyero, abre los tarros del tocador, se prueba un sombrero de fieltro. Tiene dieciséis años.

Echa un vistazo a la calle. Desierta. Ladea la cabeza y escucha la casa. Vacía. Se retuerce el pelo en una coleta y se lo recoge en la nuca. Abre el armario de su madre. Tweed, piel, lana, tartán, cachemira. Sabe lo que está buscando, lo ha sabido desde que entró, desde que oyó cerrarse la puerta principal. Sólo lo ha visto unas pocas veces, por la noche, cuando su madre se desliza por el pasillo hacia la habitación de padre. Un negligé de seda aguamarina. Quiere saber si la falda susurrará en torno a sus tobillos, quiere saber si los estrechos tirantes caerán bien sobre sus hombros, quiere ver la persona que será bajo todo aquel encaje de color mar. Tiene dieciséis años.

Lo toca antes de verlo: la fría caricia de la seda. Está muy al fondo, detrás del segundo mejor traje de su madre. Lo descuelga y la prenda intenta escapar, resbalándole entre los dedos hacia el suelo, pero ella lo sujeta por la cintura y lo tira en la cama. Se quita el suéter sin apartar la vista del charco de seda. Está a punto de zambullirse. ¿Se atreverá?

146

Pero vuelve la cabeza hacia la ventanilla del coche, abre los ojos. No quiere pensar en eso. No quiere. ¿Por qué iba a pensar en eso, cuando brilla el sol, cuando está con la niña a la que le importa si duerme bien o no, cuando la llevan por una carretera que no reconoce? La ciudad sí la conoce, los edificios, el perfil de los tejados, pero nada más. No la carretera, no las hileras de luces anaranjadas, no los escaparates de las tiendas. ¿Por qué iba a pensar en eso?

… una auténtica vergüenza, se lo aseguro. En mi familia eso no ha pasado nunca, nunca. ¡Y que la vergüenza cayera sobre mi propio hijo! Los tiempos han cambiado, me dijo, y yo le contesté: En el matrimonio hay que esforzarse, Dios sabe que tu padre y yo nos esforzamos, mientras pensaba: Ay, si él supiera… Pero ¿es absolutamente necesario el divorcio? ¿No podrías…? Y él me interrumpió: No estamos casados, dijo, así que técnicamente no es un divorcio. Bueno. Naturalmente eso lo he mantenido en secreto en nuestro círculo, por la niña. Nunca me gustó su esposa o lo que sea, con su ropa desaliñada y esas greñas. Él dice que es una separación amistosa, y es verdad que sigue manteniendo mucho contacto con la niña. Es preciosa, se parece a madre, pero en cuanto al carácter creo que me recuerda más a…

… no sé si me gusta el yogur. Una mujer me lo pregunta y no sé la respuesta. ¿Qué debo decir? Diré que no, así se lo llevará y no tendré que pensar más en ello. Pero no ha esperado a que yo le contestara, me lo ha dejado junto al plato. Lo cogeré, junto con esa cosa larga y brillante que ha dejado, es plateada, con una cabeza redonda, y se llama…

… él siempre las contaba después de una cena con invitados. Se envolvían en trapos húmedos, se pulían bien y, después de haberlas contado, se guardaban en el cajón forrado de terciopelo de los cubiertos. Todo aquel proceso me volvía loca. Tenía que irme de la sala. No podía soportar oírle murmurar los números entre dientes, ver cómo las apilaba en batallones de diez a lo largo de la mesa vacía. ¿Hay algo que pueda sacar más de quicio que…?

… piedrecitas. Le enseñé a contar con las piedras que recogía en el jardín en la India. Encontré diez piedrecitas preciosas y suaves, y las puse en fila en el camino. Mira, le dije, una, dos, tres, ¿lo ves? Ella iba descalza, con el pelo recogido con una cinta. Undostrés, me contestó sonriendo. No, mira, una, dos, tres. Ella cogió las piedras, cuatro en una mano y seis en la otra, y antes de que yo pudiera impedirlo, las lanzó por los aires. Yo me agaché mientras caían. Fue un milagro que no le dieran, la verdad…

… la madre trae a la niña a verme. Ella y yo no tenemos mucho de qué hablar, pero debo confesar que yo misma me he sorprendido al ir sintiendo cierto cariño por la pequeña. Abuela, me dijo el otro día, trazando círculos en el aire con el brazo, mirándose mientras lo hacía, cuando hago algo mi esqueleto también lo hace. Y yo le contesté: Tienes toda la razón, cariño. Mi hijo puede tener más niños, quién sabe, todavía es joven. Ojalá conociera a otra mujer, una persona agradable, alguien más apropiado. Ojalá. Sería mejor para Iris no ser hija única y yo lo sé muy bien porque…

… y cuando los descubrí, cuando me los encontré sentados así juntos, los dos en el piano, y él mirándola como si estuviera viendo algo insólito y precioso y deseable, quise dar una patada, quise gritar: ¿Sabes cómo la llaman? La llaman el Bicho Raro. La gente se ríe de ella a sus espaldas, para que te enteres. Yo sabía que no podía ser, que aquello no podía pasar, que tenía que…

… no me gusta el yogur. Está frío, demasiado dulce, y hay tropezones ocultos de fruta blanda y pastosa. No me gusta. Dejo caer la cuchara al suelo y el yogur crea una interesante forma de abanico sobre la alfombra y…

148

• • •

Se oye un súbito y fuerte restallido, como un trueno, y cae hacia atrás. Nota el frío del espejo contra la piel del brazo. Tiene la cara encendida de calor, de dolor, y Esme se da cuenta de que su padre le ha dado una bofetada.

—¡Quítatelo! —le grita—. ¡Quítate eso ahora mismo!

La conmoción entorpece sus movimientos. Toquetea el cuello buscando los botones, pero son diminutos, forrados de seda, y las manos le tiemblan. Su padre se acerca a ella e intenta quitarle el negligé por encima de la cabeza. Esme se ve arrojada a un mar de seda donde se ahoga, se asfixia. El pelo y la seda se le han metido en la boca, la amordazan, no ve nada, pierde el equilibrio y tropieza con la esquina de un mueble, mientras su padre no deja de gritarle palabras horribles, palabras que ella jamás había oído.

De pronto la voz de su madre irrumpe en la habitación.

—Ya basta.

Esme oye el taconeo de sus zapatos. La tela de seda se afloja en torno a su cabeza. Su madre está ante ella. No la mira. Desabrocha la prenda y con un solo movimiento se la quita, y ella se acuerda de una vez en que vio despellejar un conejo.

Parpadea y mira alrededor. Apenas unos segundos antes estaba ante el espejo, sola, con la falda del negligé en una mano, y se volvía de lado para ver cómo le quedaba por detrás. Ahora, en cambio, está en ropa interior, con el pelo suelto sobre los hombros y protegiéndose con los brazos. Kitty se halla junto a la puerta, todavía con el abrigo, retorciendo los guantes. Su padre, en la ventana, de espaldas a ella. Nadie habla.

Su madre sacude el negligé y se toma su tiempo para doblarlo, alineando las costuras y alisando las arrugas. Luego lo deja en la cama.

—Kitty —dice sin mirar a nadie—, ¿quieres hacer el favor de traer el vestido de tu hermana?

Oyen alejarse los pasos de la muchacha por el pasillo.

—Ishbel, después de esto no irá a la fiesta —masculla su padre—. De verdad pienso…

Su madre lo interrumpe:

—Sí que irá. Desde luego que irá.

—¿Y se puede saber por qué? —exclama su padre, buscándose un pañuelo en el bolsillo—. ¿Qué sentido tiene mandar a una niña como ella a esa clase de reunión?

—Tiene muchísimo sentido. —La voz de su madre es baja y decidida. Agarra a Esme del brazo y la lleva hasta el tocador—. Siéntate —ordena, empujándola sobre el taburete—. Vamos a prepararla. —Coge un cepillo—. La pondremos guapa, la enviaremos al baile y luego —alza el cepillo y lo descarga con saña sobre el pelo de su hija— la casaremos con el chico Dalziel.

—Madre —comienza Esme trémula—, yo no quiero…

Su madre acerca la cara.

—Lo que tú quieras no importa —le susurra al oído, casi con cariño—. El chico te quiere a ti, Dios sabrá por qué, pero así es. Tu comportamiento nunca ha sido tolerado en esta casa, y nunca lo será. Así que ya veremos si unos meses de matrimonio con James Dalziel bastarán para doblegarte. Y ahora levántate y vístete. Aquí te trae el vestido tu hermana.

En la vida se pueden dar extrañas confluencias. Esme no dirá coincidencia, porque odia esa palabra, pero a veces piensa que hay algo en acción, un impulso, una colisión de fuerzas, un capricho de la cronología.

Aquí está, pensando en ello, y de pronto ve que la niña conduce el coche por delante de la misma casa. ¿Casualidad u otra cosa?

Se vuelve en el asiento para mirar el edificio. Las piedras están sucias, con manchas oscuras, en la tapia del jardín hay un cartel roto, el camino particular está atestado de grandes contenedores de plástico marrón, la pintura de las ventanas se ha agrietado y desconchado.

Llegaron allí andando con los zapatos de fiesta. Kitty estaba tan enamorada de su vestido que no quería cargar con la corona de acebo, así que la llevó su hermana. A cambio llevaba el bolso de Esme, decorado con lentejuelas. Cuando ya estaban en el recibidor quitándose el abrigo, Esme tendió la mano para recuperar su bolso y Kitty se lo dio, pero sin mirarla siquiera. Tal vez debería haberlo comprendido entonces, haber visto la trama invisible que tomaba forma a su alrededor, haber oído la tensión de los engranajes. ¿Y si...?, piensa siempre. Se ha pasado la vida medio estrangulada por esa pregunta. Pero ¿y si lo hubiera sabido entonces?, ¿y si por un capricho de la cronología hubiera visto lo que estaba a punto de ocurrir? ¿Qué habría hecho? ¿Dar media vuelta y volver a su casa?

Pero no lo comprendió, y no se marchó. Entregó su abrigo, tomó el bolso de lentejuelas que le tendía Kitty, esperó a que ésta se arreglara el pelo en el espejo, a que saludara a una joven que conocían. Luego subieron juntas la escalera hacia las luces, la música, el apagado rumor de las conversaciones.

Dos chicas en un baile, pues. Una sentada, la otra de pie. Era tarde, casi medianoche. A la más joven el vestido le quedaba demasiado ceñido. Las costuras tensas amenazaban con descoserse si respiraba demasiado hondo. Ella intentó encorvar la espalda, pero no servía de nada: el vestido se arrugaba en torno a su cuello. No se comportaba ni actuaba como si fuera realmente suyo. Llevarlo era como correr una carrera de tres patas con alguien que no te cae bien.

Se levantó para observar el baile, una complicada rueda cuyos pasos ignoraba. Las mujeres pasaban de un hombre a otro para luego volver con sus compañeros. Por fin se volvió hacia su hermana:

—¿Cuánto queda para medianoche?

Kitty estaba sentada junto a ella, con un carnet de baile abierto en el regazo y el lápiz entre los dedos enguantados, encima de la página.

—Una hora más o menos —contestó, absorta en leer los nombres—. No lo sé muy bien. Ve a verlo en el reloj del recibidor.

Pero Esme no fue. Se quedó allí mirando la rueda hasta que ésta dejó de girar, hasta que cesó la música, hasta que las simétricas formaciones de bailarines se rompieron en un tumulto de personas que regresaban a sus asientos. Cuando vio al atractivo chico rubio de la casa acercarse a ella, se apresuró a darle la espalda. Pero era demasiado tarde.

—¿Me concedes este baile? —pidió él, sujetándole los dedos.

Ella apartó la mano.

—¿Por qué no se lo pides a mi hermana? —susurró.

Jamie frunció el ceño y contestó en voz alta, bien alta para que Kitty lo oyera, para que Esme fuera consciente de que Kitty lo oía:

—Porque no quiero bailar con tu hermana, sino contigo.

Esme se colocó frente a él para el baile. Eran la primera pareja, de manera que en cuanto comenzó la música, él se adelantó, le tomó las manos y comenzó a girar. Ella notó que se hinchaba el vuelo del vestido, que la habitación giraba en torno a ella. El ritmo era denso y rápido; Jamie le agarró la mano para acercarla a la hilera de hombres y cada vez que salía de una ronda, allí estaba él, listo para recibirla con los brazos tendidos. Y en el último momento del giro, cuando tenían que cogerse las manos y bailar hasta el final de la hilera, mientras la gente daba palmas a su paso, Jamie avanzó tan deprisa y tan lejos que salieron de la sala hasta el rellano, y Esme se echó a reír, y él le dio vueltas y vueltas hasta que ella se mareó y tuvo que agarrarse a su brazo para no caerse, y todavía se estaban riendo cuando él la atrajo hacia sí, cuando comenzó a girar más despacio, como en un vals, vueltas y vueltas bajo la araña del techo, y ella echó atrás la cabeza para ver las luces como en un calidoscopio.

¿En qué punto la mano se convierte en la muñeca? ¿Dónde pasa el hombro a ser el cuello? Ella pensará a menudo que aquél fue el momento clave, que si llegó a haber un momento en que pudiera haber cambiado las cosas, fue aquél, cuando danzaba bajo una lámpara de araña la noche de fin de año.

Él la impulsaba en círculos, todavía agarrándola con firmeza. Ella notó contra la espalda el roce de una pared que pareció ceder y quedaron envueltos por la oscuridad, en una especie de cuarto pequeño donde la música se oía lejos. Esme vio la forma imponente de los muebles, montañas de abrigos, sombreros. Jamie la tomó en sus brazos y susurró su nombre. La joven supo que estaba a punto de besarla, sintió en el pelo el contacto de una caricia, y de pronto sintió curiosidad por saber cómo sería, pensó que el beso de un hombre era algo que había que experimentar, que de todas formas no le haría ningún daño, y cuando el rostro de Jamie se fue acercando, aguardó quieta.

Fue una sensación curiosa. Notó el contacto y la presión de una boca sobre la suya, los brazos de él tensos en torno a ella. Los labios de Jamie eran resbaladizos, con un vago sabor a carne, y de pronto Esme se dio cuenta de lo ridículo de la situación. Dos personas en un vestidor, con las bocas pegadas. Y se echó a reír, volviendo la cabeza. Pero él le murmuraba algo al oído. ¿Cómo dices?, preguntó ella. Y él la empujó hacia atrás, poco a poco, con ternura; ella tropezó y perdió pie, y aterrizaron sobre algo suave y blando, una pila de ropa. Él reía suavemente, ella intentaba levantarse pero él la atraía de nuevo diciendo: Me quieres, ¿verdad? Y todavía los dos sonreían, cree ella. Pero entonces todo cambió y Esme de verdad quería levantarse, de verdad pensaba que tenía que levantarse, aunque él no la soltaba. Ella lo empujó diciendo: Jamie, por favor, volvamos al baile. Él tenía las manos en su cuello, luego frenéticas entre sus faldas, sobre sus piernas.

Ella lo empujó de nuevo, esta vez con fuerza. No, dijo. Para, insistió. Y cuando James le apartó el cuello del vestido y le tocó los pechos, ella sintió una oleada de furia y miedo, así que pataleó y golpeó. Él le cubrió la boca con la mano y le susurró «zorra» al oído. Y el dolor fue tan asombroso, tan increíble, que Esme pensó que se partía en dos, que él la quemaba, que la desgarraba. Lo que estaba pasando era impensable, no lo habría creído posible. La mano sobre su boca, la cabeza contra su mentón. Esme pensó que tal vez se cortaría el pelo después de todo, el sonido de los ficus, tenía que seguir respirando, una caja que Kitty y ella guardaban debajo de la cama con programas de películas, el número de sostenidos en un acorde de fa menor.

Y una eternidad después se encontraban de nuevo en el rellano. Jamie le agarraba la muñeca, la arrastraba de vuelta hacia la música. Increíblemente, la misma pieza seguía sonando. ¿Acaso imaginaba que iban a volver a bailar? Ella lo miró, contempló las velas que se derretían en charcos de sí mismas, a la gente evolucionando y saltando en el baile, con los rostros tensos de concentración y regocijo.

154

Apartó la mano bruscamente. Le hizo daño en la piel, pero estaba libre. Flexionó los dedos, avanzó dos, tres pasos hacia la puerta, y allí tuvo que detenerse. Tuvo que apoyar la frente contra la madera. Los límites de su visión oscilaban, como la línea del horizonte al calor. Una cara apareció ante la suya y dijo algo, pero la música le saturaba los oídos. Una persona la agarró del brazo, le dio una sacudida, le alisó el vestido de un tirón. Era la señora Dalziel. Esme quiso decir que le gustaría ver a su hermana, por favor, pero lo que salió fue un chillido agudo que no podía detener, sobre el que no ejercía ningún control.

Luego iba en la parte trasera de un coche, con la señora Dalziel al volante, y luego estaban ya en casa y la señora Dalziel le contaba a su madre que su hija había bebido un poquito de más y había montado una escena, y que por la mañana tal vez se encontraría mejor.

Sin embargo, no fue así. En absoluto. Cuando su madre entró en el dormitorio y le preguntó qué había ocurrido exactamente la noche anterior, Esme se incorporó en la cama y produjo de nuevo aquel sonido. Abrió la boca y gritó, gritó, gritó.

Iris deja que la anciana se adelante por la escalera y advierte lo despacio que sube, apoyando el peso en la barandilla a cada paso. Tal vez la excursión la ha cansado demasiado.

Al llegar al último rellano, Iris se detiene. Debajo de la puerta se ve una línea de luz. Hay alguien en su piso.

Pasa delante de Esme y, vacilando sólo un instante, gira el pomo.

—¿Hola? —se anuncia en el pasillo—. ¿Hay alguien ahí?

El perro se frota contra ella. Iris le agarra el collar y lo nota tensarse. Luego el animal alza la cabeza y lanza un grave ladrido.

—¿Hola? —repite Iris, y su voz se rompe a mitad de la palabra. Una persona aparece en el umbral de la puerta. Un hombre.

—¿Es que no tienes comida en casa? —pregunta Alex.

Iris suelta el collar del perro y se apresura hacia su hermano, pero se detiene justo delante de él.

—Me has asustado —protesta, dándole un golpe en el brazo.

—Perdona. —Alex sonríe—. Tenía que venir, puesto que… —De pronto se interrumpe y mira por encima del hombro de Iris.

Ella se da la vuelta. Esme se acerca.

—Es mi hermano.

—Hermanastro —precisa Alex, dando un paso—. Siempre se le olvida el final de la palabra. Usted debe de ser Euphemia.

Ambas mujeres inhalan al unísono.

—Esme —replican.

… y no paraba…

… era difícil puesto que en toda la familia no hay más que hijos únicos. Yo no tenía primos y el hombre con que me iba a casar también era hijo único, así que no iba a tener cuñadas. Yo necesitaba a alguien que me llevara el ramo, que me ayudara con la cola del vestido, aunque era de tamaño modesto, que me acompañara en los momentos previos a la ceremonia. Una no puede casarse sin dama de honor, dijo madre, tendrás que encontrar a alguien. Podría habérselo pedido a un par de amigas, pero se me hacía muy raro después de…

… y como no dejaba de gritar, madre me mandó fuera de la habitación y…

… fue sólo dos semanas antes de que llamara Duncan Lockhart. No se nos había acercado nadie, ni siquiera en Año Nuevo. Ni llamadas ni nada. Sin ella la casa estaba sumida en un silencio sepulcral. Las horas pasaban sin que se oyera un solo sonido. En cierto modo ya no parecíamos una familia, sólo una serie de personas que vivían en distintas habitaciones. En principio Duncan vino para ver a mi padre, pero yo lo había conocido en la fiesta, habíamos bailado. Tenía unas manos muy secas. Comentó que me había visto una vez en el Meadows. Yo, por supuesto, me había olvidado de ello. El día que vino, una fría tarde de enero, al despertar me había encontrado hielo por dentro de las ventanas. Y cerré los ojos otra vez porque la habitación todavía estaba llena de las cosas de mi hermana, su ropa, sus libros. Madre todavía no…

… recuerdo los paseos por la casa con el bebé en plena noche. Yo no sabía nada de niños, con el primero nunca se sabe, naturalmente, de manera que hay que confiar en el instinto. Sigue moviéndote, me decía mi instinto. No quería comer, con lo pequeñito que era, lanzaba golpes al aire con sus puñitos enrojecidos. Tenía que alimentarlo con un pañito de muselina empapado en leche. El cuarto día por fin lo cogió y succionó, primero indeciso, luego voraz. Y luego ya teníamos ollas de agua en el fogón hirviendo biberones a todas horas del día, los pañales colgados junto al fuego, el aire opaco de vapor…

… y como no dejaba de gritar, madre llamó al médico. A mí me echaron de la habitación, pero me quedé fuera escuchando, con la oreja pegada al frío bronce de la cerradura. Sólo oía cuando el médico le hablaba a Esme, porque subía la voz para dirigirse a ella, como si mi hermana fuera sorda o tonta. Madre y él estuvieron cuchicheando varios minutos, y luego él alzó la voz para decirle: Vamos a llevarte a un sitio para que descanses un poco, ¿de acuerdo? Y ella, por supuesto, como cabía esperar, dijo que le parecía fatal. Entonces el médico puso una voz muy severa y declaró: No lo decides tú, así que…

… al final se lo pedí a una prima segunda de Duncan, una chica a la que sólo había visto dos veces. Era menor que yo y pareció ponerse muy contenta. Por lo menos, dijo mi abuela sombríamente, no tenemos que preocuparnos de que vaya a eclipsar a la novia. La llevé a la señora Mac para que le hiciera el traje, pero no me quedé mientras se lo hacían, no podía…

¿… llegué a contar lo de la chaqueta? Sí, creo que sí. Sólo porque me lo preguntaron directamente, y yo siempre me esfuerzo por ser lo más sincera posible. ¿Conté también lo de Canty Bay? Pero ¿de qué habría servido callarme? Además, siempre me esfuerzo por ser lo más sincera posible. Yo no quería que se fuera para siempre, sólo el tiempo necesario para poder…

… así que me echaron de la habitación y yo me fui, por supuesto, pero la verdad es que me quedé junto a la puerta escuchando, y madre cuchicheaba con el médico, y yo apenas oía nada y tenía miedo de que mi abuela subiera y me sorprendiera allí. Está muy mal escuchar conversaciones ajenas, eso lo sabía. Desde luego apenas oía nada, pero madre decía algo como que estaba más que harta de aquellos ataques de rabia y de los gritos. Y el médico masculló algo sobre la histeria y las jovencitas, cosa que me ofendió un poco, porque yo nunca me comportaba así. Pronunció las palabras «tratamiento» y «lugar» y «aprender a comportarse». Y cuando lo oí me pareció una buena idea, como un buen plan para ella, porque siempre había sido tan…

… lo que más me sorprendió fue cuánto se los llega a querer. Ya sabes que lo vas a querer, pero el sentimiento en sí, cuando por fin lo ves, cuando tienes en brazos su cuerpo diminuto, es como un globo que se hincha cada vez más. La madre de Duncan insistió en que contratáramos a una niñera, una temible criatura con un horario de comidas y un delantal almidonado, y entonces descubrí que mis días se tornaban muy vacíos. Echaba de menos a Robert. Iba a verlo al cuarto de los niños, pero, cuando me acercaba a la cuna, resultaba que ella había llegado antes. Estamos dormidos, me decía, y a mí siempre me daban ganas de preguntar: ¿Estamos dormidos todos? Pero nunca lo dije, por supuesto. Mi suegra decía que la niñera valía su peso en oro, y que la cuidáramos para no perderla. Yo entonces no sabía muy bien qué se suponía que debía hacer. La cocinera y el ama de llaves llevaban la casa, Duncan trabajaba en la oficina con mi padre, y Robert estaba con la niñera. A veces me ponía a vagar por la casa en mitad del día, pensando que tal vez debería…

… demencia precoz, le diagnosticaron. Padre me lo dijo cuando se lo pregunté una vez. Yo le pedí que me lo escribiera. Unas palabras muy suaves, en cierta manera, más suaves de lo que deberían ser. Claro que ya nadie las utiliza. Lo leí una vez en un artículo no sé dónde. «Término obsoleto», decía. Hoy en día, contaba el artículo, se habla de «esquizofrenia», una palabra muy fea, horrible, pero a la vez grandilocuente, sobre todo para algo que es, al fin y al cabo…

… traje que hizo para la dama de honor era en realidad mejor que cualquiera de los que había hecho para mí. Yo llevaba el vestido de madre, por supuesto, que habían sacado y arreglado especialmente para mí. Mucha gente habló sobre él. Pero el vestido de la dama de honor tenía lentejuelas cosidas en el chiffon por todas partes…

… yo no quería que se fuera para siempre. En absoluto. Era sólo que…

… se lió a patadas, mi padre tuvo que ayudar al médico y entre los dos lo consiguieron, pero cuando ya bajaban por la escalera, ella se agarró a la barandilla, se aferró con todas sus fuerzas, y el nombre que gritaba sin parar era el mío. Yo me tapé los oídos con las manos, y mi abuela puso sus manos sobre las mías, pero todavía la oía: «¡KITTY! ¡KITTY! ¡KITTY! ¡KITTY!» Y todavía la oigo ahora. Más tarde, en el recibidor me encontré un zapato, que debió de caérsele en sus forcejeos, porque estaba atascado debajo del perchero de los sombreros, y yo lo cogí y me senté y apoyé la cabeza en la barandilla y…

… me quedé mirando entre los barrotes de la barandilla. Mi padre sacudía la mano en el pasillo, de camino hacia su estudio. Y cuando se volvió, Duncan hizo un gesto que, tal como averigüé más tarde, hacía siempre cuando estaba nervioso. Sube una mano hasta la cabeza y se alisa el pelo del otro lado. Era un gesto tan raro que me hizo sonreír. Lo vi mirar las puertas cerradas en torno a él, el pasillo que penetraba en la casa, y yo pensé: ¿Me estará buscando a mí? Pero nunca habría…

Su padre no habla en el coche. Ella dice: Padre. Le toca el hombro, se enjuga la cara, intenta decir: Por favor. Pero él tiene la vista fija en el parabrisas, y el médico va sentado a su lado. No habla al salir, ni cuando el doctor y él se ponen uno a cada lado de Esme y la llevan por un sendero y una escalinata hasta un edificio grande, arriba en la montaña.

Al otro lado de las puertas reina un silencio denso. El suelo es de mármol, negro blanco negro blanco negro blanco. Su padre y el médico barajan y revuelven papeles. No se quitan el sombrero. Y luego una mujer vestida de enfermera agarra a Esme del brazo.

—¡Padre! —grita ella entonces—. ¡Padre, por favor!
—Se zafa de la enfermera de un tirón y la mujer chasquea

la lengua. Ve que su padre se inclina un momento sobre la fuente, se enjuga la boca con el pañuelo y luego se aleja sobre los cuadrados de ajedrez de mármol hacia la puerta—. ¡No me dejes aquí! ¡Por favor! No, por favor. Seré buena, lo prometo.

Antes de que la enfermera vuelva a agarrarle el brazo, antes de que aparezca otra enfermera para sujetarle el otro, antes de que tengan que cogerla y llevársela, Esme ve a su padre por el cristal de las puertas. Baja los escalones, se abotona el abrigo, se pone el sombrero, alza la vista al cielo como preguntándose si va a llover, y desaparece.

La llevan por un tramo de escalera, por un pasillo, una enfermera en cada brazo, sus tacones arañan el suelo. La agarran con tal fuerza que no puede moverse. El hospital parece una película al revés. Pasan por varias puertas y ve un techo alto, una hilera de luces, filas de camas, la forma de unos cuerpos acurrucados bajo las sábanas. Oye toses, gemidos, alguien que masculla entre dientes. Las enfermeras la arrastran hasta una cama, resoplando por el esfuerzo. Esme se vuelve para mirar por la ventana y ve barrotes verticales.

Dios mío, exclama en el aire fétido. Se lleva una mano a la cabeza. Dios mío. La conmoción hierve de nuevo en lágrimas. No puede ser, no puede ser. Tiende la mano y arranca la cortina, da patadas al armario, grita, tiene que ser un error, todo esto es un error, escuchadme, por favor. Las enfermeras se apresuran con anchos cinturones de cuero y la atan a la cama, luego se alejan meneando la cabeza, enderezándose las cofias.

La dejan a merced de las correas de cuero un día y dos noches. Alguien se lleva su ropa. Al atardecer acude una mujer con unas tijeras plateadas y le corta el pelo. Esme aúlla primero y luego llora en silencio; las lágrimas se deslizan por su rostro hasta la almohada. La mujer se aleja con el pelo en una mano como un látigo.

Huele a desinfectante y pulimento de suelos, y en la cama de la esquina alguien masculla toda la noche. La luz del techo parpadea y zumba. Esme llora. Forcejea con las ataduras, muy tensas, intenta zafarse, grita por favor, por favor, ayudadme, hasta quedarse ronca. Muerde a una enfermera que intenta darle un poco de agua.

La atormenta la vida que ha dejado atrás, de la que la han arrancado. Cuando la luz se desvanece al atardecer, piensa en que su abuela estará bajando por la escalera hacia la cocina para inspeccionar los preparativos de la cena, que su madre estará tomando el té en el salón delantero, contando los terrones de azúcar con las pinzas dentadas, que las niñas del colegio estarán tomando el tranvía para volver a sus casas. Es inconcebible no formar ya parte de todo eso. ¿Cómo pueden estar sin ella?

En la luz azulada de la segunda mañana, alguien aparece junto a su cama. Es una figura indefinida, borrosa, vestida de blanco. Esme la observa. Hace horas que tiene un mechón de pelo delante de los ojos y no puede alzar la mano para apartárselo.

—No armes escándalo, niña —susurra la figura. Está oscuro y Esme tiene el pelo sobre los ojos, así que no le ve bien la cara—. No querrás acabar en el Pabellón Cuatro, ¿verdad?

—Pero ha habido un error —protesta ella con voz rota—. Yo no debería estar aquí, no…

—Ándate con cuidado —advierte la mujer—. No te busques la ruina. Tal como vas…

Se oyen unos pasos y aparece la enfermera que le ha cortado el pelo.

—¡Tú! —grita—. ¡Vuelve a tu cama ahora mismo!

La figura se aleja deprisa por el pabellón, se desvanece.

• • •

Iris rompe un huevo contra el borde de un cuenco y cae la yema. Alex se apoya en la nevera mientras va comiendo uvas.

—Bueno —empieza. Iris se irrita porque sabe lo que va a decir—, ¿qué es de tu vida últimamente? ¿Todavía sales con el tío ese?

—¿Qué tío? —pregunta ella mirando al techo.

—Ya sabes quién —replica Alex en tono afable—. El abogado.

Iris mete media cáscara de huevo dentro de la otra media. Le está tan agradecida por no decir «el casado» que siente un arranque de honestidad.

—Sí. —Y se limpia las manos con un trapo.

—Estúpida —murmura él.

Iris decide atacar.

—Bueno, ¿y tú qué?

—¿Yo qué?

—¿No sigues con una mujer con quien según decías no tenías que haberte casado siquiera?

Él se encoge de hombros.

—Supongo.

—Pues más estúpido, entonces.

Un breve silencio. Iris bate los huevos con un tenedor hasta que empiezan a formar espuma. Alex se sienta a la mesa.

—No discutamos. Tú vives tu vida y yo la mía.

Iris echa pimienta a los huevos.

—Bien.

—Bueno, ¿y cómo va la cosa entre tú y don Abogado?

Iris menea la cabeza.

—No lo sé.

—¿No lo sabes?

—No; bueno, sí que lo sé, pero no quiero hablar del tema. —Se aparta el pelo de los ojos y observa a su hermano, sentado a la mesa de la cocina. Alex le sostiene la mirada. Luego ambos sonríen.

—Todavía no sé qué haces aquí —dice ella—. Por cierto, ¿quieres cenar o te marchas?

—¿Que no sabes qué hago aquí? —repite él—. Pero ¿tú estás loca? O igual amnésica. Ayer me llamaste diciendo que habías caído en las garras de una chiflada, ¿y qué hago yo? ¿Me paso el fin de semana tranquilamente en casa, o vengo a rescatarte de la psicópata? No pensé que andaríais las dos de correrías por la playa.

Iris deja el tenedor.

—¿Lo dices en serio? —pregunta con voz queda—. ¿Has venido por mí?

Alex descruza las piernas y vuelve a cruzarlas.

—Pues claro —contesta algo avergonzado—. ¿A qué iba a venir, si no?

Iris se arrodilla a su lado y lo abraza. Advierte la delgadez de su torso, la tela suave de la camiseta. Al cabo de un momento él le echa un brazo en torno a los hombros, la acuna, y ella sabe que ambos están pensando en un tiempo al que ninguno de los dos desea regresar. Iris le da un pequeño apretón y sonríe contra su pecho.

—Te has cortado el pelo —comenta Alex, tirando de él.

—Sí, ¿te gusta?

—No.

Se echan a reír. Ella se aparta y Alex señala con la cabeza la habitación de invitados.

—No parece tan loca —comenta.

—¿Sabes? —Iris pone las manos en jarras—. No tengo muy claro que lo esté.

Él se muestra escéptico.

—Pero se ha pasado en un manicomio… ¿cuánto tiempo era?

—Eso no significa necesariamente que esté loca.

164

—Pues… yo creo que sí.

—¿Por qué?

—Espera, espera. —Alex alza las manos como quien pretende calmar a un animal—. ¿De qué estamos hablando?

—Estamos hablando de una chica de dieciséis años —replica ella con súbita vehemencia— a la que encerraron sólo por probarse una prenda de ropa; estamos hablando de una mujer encarcelada de por vida, que ahora ha recibido un indulto y… y es cosa mía intentar… no sé qué.

Alex se queda mirándola con los brazos cruzados.

—Ay, Dios.

—¿Qué? ¿Qué quieres decir con eso?

—Que ya te ha dado uno de tus ataques.

—¿Qué ataques?

—Uno de tus ataques de arrogancia.

—¡Pero bueno! Me parece totalmente fuera de lugar que…

—Oye, que esa mujer no es uno de tus hallazgos, ¿sabes? —Y marca con los dedos unas invisibles comillas en el aire.

Iris se queda sin palabras y agarra bruscamente el cuenco con los huevos.

—No sé qué quieres decir con eso, pero puedes irte al infierno.

—Oye —la aplaca él—, sólo dime… —Se interrumpe con un suspiro—. Sólo prométeme que no vas a hacer ninguna tontería.

—¿Como qué?

—Como… Bueno, la vas a meter en otro sitio, ¿no? Le buscarás alguna residencia o algo, ¿no?

Ella pone una sartén de golpe sobre el fogón y echa aceite.

—Iris —insiste él a su espalda—. Dime que vas a buscar un sitio donde meterla.

Ella se vuelve con la sartén en la mano.

—¿Sabes? Si lo piensas bien, este piso en realidad es suyo.

Alex se coge la cabeza entre las manos.

—¡Ay, Dios!

Esme oye sus voces a través de la pared. O más bien oye el rumor, como abejas en un tarro de mermelada. La voz de ella oscila, alcanza picos agudos y vuelve a bajar, la del chico es casi monótona. Podrían estar discutiendo. La niña, Iris, habla como si fuera una discusión, pero, si lo es, es muy unilateral.

Su hermano, ha dicho. Cuando Esme lo vio por primera vez en el umbral, se preguntó si sería el amante. Pero luego volvió a mirar a Iris y vio que no. Sin embargo, no es un hermano auténtico, de verdad. Es una especie de medio hermano.

Flexiona las piernas hasta que las rodillas rompen la superficie del agua de la bañera, como islas en una laguna. Ha preparado un baño tan caliente que tiene la piel rosada. Quédate todo el tiempo que quieras, le ha dicho Iris, y es lo que está haciendo. El vapor ha cubierto las paredes, el espejo, la ventana, los frascos del estante. Esme no recuerda ese cuarto de baño. ¿Qué habría sido en sus tiempos? Las otras estancias puede trasponerlas, colocarles encima una lámina fotográfica, verlas como eran: su dormitorio como el cuarto de la doncella, el salón como el sitio bajo los aleros donde se guardaba la ropa de verano en baúles de cedro. El cuarto de Iris tenía antes toda una pared tapizada de tarros de conservas. Pero de este cuarto de baño no tiene memoria. Lo recuerda como un espacio terriblemente oscuro y de techo bajo, cuando en realidad es bastante alto y aireado. Eso demuestra lo falible que es la memoria.

Toma el jabón y lo frota entre las manos, como Aladino con su lámpara, y percibe un aroma dulce y delicioso. Se lo acerca a la cara e inhala, preguntándose qué diría la pareja del otro cuarto si les dijera que es la primera vez en más de sesenta años que se da un baño sin que la supervisen. Mira la cuchilla al borde de la bañera y sonríe. La niña la ha dejado allí por descuido. Esme ha olvidado lo que es estar entre gente sin recelos. Coge la cuchilla y palpa el filo con un dedo, y en ese momento, de pronto, recuerda lo que era aquel cuarto de baño.

Cosas de bebés. Una cuna de madera, con costillas como el esqueleto de un animal, una trona con una hilera de cuentas de colores atada a la bandeja. Y cajas llenas de camisones diminutos, gorritos, patucos, el penetrante olor de la naftalina.

¿Quién habrá sido el último niño en esta casa? ¿Para quién se tejieron las rebecas y los gorros? ¿Quién movía las cuentas de la trona? Su abuela, para su padre, supone, pero no puede visualizarlo. La idea le da risa. Entonces respira hondo, contiene el aliento y se hunde en el agua, dejando que su pelo flote en torno a ella como algas.

Yacía atada a la cama. Observaba una mosca que subía centímetro a centímetro por la pared de un verde enfermizo. Contó el número de ruidos que oía: el rumor de un coche en la calle, el piar de los estorninos, el viento contra una ventana de guillotina, el murmullo de la mujer de la esquina, el chirrido de ruedas en el pasillo, el rumor de la ropa de cama, los suspiros y gruñidos de las otras mujeres. Aceptó unas cucharadas de unas gachas apelmazadas y tibias, y se las tragó, aunque el estómago se le rebelaba y parecía cerrarse con cada bocado.

A media mañana dos mujeres empezaron a discutir.

—Es mío.

—Y un cuerno.

—Es mío. Dámelo.

—Suéltalo, te digo.

Esme alzó la cabeza para verlas. Estaban tirando de algo. La más alta, con el pelo gris recogido en un desordenado moño, le dio una bofetada a la otra. La agredida lanzó un chillido, soltó el objeto de la discordia y se alzó, como un animal sobre las patas traseras, para abalanzarse sobre la agresora. Cayeron al suelo como una extraña criatura de ocho patas: golpes, patadas, tirones de pelo, chillidos, una mesa volcada, una cesta de ropa desparramada. De pronto aparecieron unas enfermeras, también gritando, llamándose unas a otras, tocando unos silbatos.

—¡Quietas! —ordenó la enfermera jefa de sala—. ¡Quietas ahora mismo!

Las enfermeras las separaron. La mujer del pelo cano se quedó como yerta y se sentó mansamente en la cama. La otra seguía debatiéndose, gritando, arañando la cara de la encargada del pabellón. Se le subió el camisón y Esme le vio las nalgas, pálidas y redondas como champiñones, los pliegues del vientre. La enfermera le retorció una muñeca hasta que la mujer aulló de dolor.

—Que te ato, ¿eh? —amenazó la jefa de sala—. Ya verás. O te calmas o te ato.

La mujer lo pensó y por un momento pareció que iba a serenarse. Pero entonces corcoveó como un caballo, dando una coz a la enfermera en la rodilla y soltando una retahíla de obscenidades. La agredida lanzó un breve resuello y, a una señal, las enfermeras se arrojaron sobre la mujer y se la llevaron a rastras, a través de una puerta, y el ruido se fue desvaneciendo.

—Pabellón Cuatro —susurró alguien—. Se la llevan al Cuatro.

Esme volvió la cabeza para ver quién hablaba, pero todo el mundo estaba sentado en su cama, muy tieso, con la cabeza gacha.

168

Cuando le soltaron las correas, Esme se quedó muy quieta. Se sentó en la cama con las manos bajo las piernas. Pensó en animales que pueden quedarse inmóviles durante horas, agazapados, esperando. Pensó en aquel juego en que había que fingir ser un león muerto.

Una ordenanza fue dejando trapos y tubos de un pulimento amarillo de olor amargo en cada cama. Esme se levantó insegura, mientras las otras mujeres se arrodillaban como para rezar y empezaban a frotar el pulimento en el suelo, trabajando hacia atrás, hacia la puerta. Notaba las piernas tiesas por culpa de las correas. Justo cuando iba a recoger el trapo y el pulimento vio que una enfermera la señalaba.

—Mirad a la señorita —se burló.

—¡Euphemia! —chilló la hermana Stewart—. De rodillas.

Esme dio un respingo al oír la orden y por un momento se preguntó por qué todo el mundo la miraba, hasta que comprendió que la jefa de sala se dirigía a ella.

—Yo me llamo…

—¡Ponte de rodillas y empieza a trabajar! —bramó la enfermera Stewart—. ¡A ver si crees que eres mejor que las demás!

Esme se arrodilló temblando, envolvió el puño en el trapo y se puso a frotar el suelo.

Más tarde las otras mujeres se acercaron a hablar con ella. Estaba Maudie, que se había casado con Donald y luego con Archibald, cuando todavía estaba casada con Hector, aunque el único al que de verdad amaba era Frankie, muerto en Flandes. En sus buenos momentos divertía a todo el mundo con historias de sus ceremonias nupciales; en los malos, recorría el pabellón dando saltos, con una enagua atada bajo la barbilla, hasta que la enfermera Stewart se la quitaba y la amenazaba para que se sentara y fuera buena. En las camas siguientes estaban Elizabeth, que había visto morir a su hijo aplastado por un carro, y Dorothy, que de vez en cuando cedía al impulso de desnudarse. En el otro extremo había una anciana a quien las enfermeras llamaban Agnes, pero que siempre las corregía diciendo: «Señora Dalgleish, si no le importa.» Según Maudie le contó a Esme, no podía tener hijos y a veces se enzarzaba en discusiones con Elizabeth.

Después de una horrorosa sopa gris como almuerzo, apareció un tal doctor Naysmith. Se paseó entre las camas, seguido dos pasos atrás por la enfermera Stewart, haciendo gestos con la cabeza y preguntando de vez en cuando: «¿Cómo te encuentras hoy?» Las mujeres, sobre todo Elizabeth, se agitaron mucho, bien lanzándose a confusos monólogos, bien echándose a llorar. A dos se las llevaron para darles un baño frío.

El doctor se detuvo ante la cama de Esme y miró la etiqueta con el nombre. Ella se incorporó y se pasó la lengua por los labios. Se lo iba a decir, iba a decirle que todo era un error, que no tenía que estar allí. Pero la enfermera Stewart se puso de puntillas y le susurró algo al oído.

—Muy bien —dijo él, y siguió andando.

… y cuando me lo pidió, en realidad lo que dijo fue: Me parece una idea estupenda que nos casemos. Fue en Lothian Road, los dos parados en la acera. Habíamos ido al cine y yo me quedé esperando y esperando a que me cogiera la mano. Me quité los guantes y la dejé colgando sobre el brazo del asiento, pero él no pareció advertirlo. Supongo que debería haber entendido eso como…

… un reloj de arena con arena roja, encima de…

… y a veces me llevo la niña al cine. Es muy seria. Se sienta con las manos en el regazo, muy seria, atenta a los enanos que bajan a la mina de uno en uno, con los pequeños picos al hombro. La hicieron pasando unos dibujos muy deprisa, uno detrás de otro, me explicó la última vez, y yo dije que sí, y ella preguntó que quién, y yo le contesté que un señor muy listo, cariño, y ella dijo: ¿Cómo sabes que era un hombre? Y yo me eché a reír porque, claro, no lo sabía, aunque en realidad eso se sabe…

… mirando caer la arena roja grano a grano, y me preguntó: ¿Significa eso que el cuello tiene exactamente el grosor de un grano? Yo no tenía ni idea, nunca lo había pensado así. Madre decía…

… el niño con ellos, nunca lo sabré. El intruso, lo llamaba yo, pero sólo para mis adentros o delante de la criada. Sería estupendo si pudieras ser su abuela también, me dijo la mujer. Vaya. Es del todo inconcebible que yo lo considere emparentado conmigo, ni remotamente. Un niño hosco y malhumorado de mirada desconfiada. No lleva mi sangre. Pero la niña está muy encariñada con él, y el chico ha llevado una vida muy difícil, a decir de todos, con una madre que cogió sus cosas y se largó. Yo no puedo entender cómo una mujer puede hacer eso. Va contra natura. La niña lo agarra de la mano, aunque él es un año, tal vez dos, mayor que ella, y él nunca se aleja de su lado. Yo siempre quiero apartarla de las pegajosas garras de ese niño, pero por supuesto hay que ser adulto para esas…

… terrible desear…

… en Lothian Road, yo cerré la hebilla de mi bolso y quise cerrar también los ojos un momento. Las luces de los carruajes y tranvías eran agotadoras, sobre todo después de la película que acabábamos de ver. Él aguardaba y yo lo miré y vi que llevaba el cuello demasiado apretado, que tenía un punto suelto en la bufanda, y me pregunté quién se la habría tejido, quién lo quería tanto. Su madre, seguramente, pero de todas formas me dieron ganas de preguntárselo. Quería saber quién lo quería. Le contesté que sí, por supuesto. Lo dije con un suspiro, como se supone que hay que decirlo, y sonreí tímidamente, como si todo fuera perfecto, como si se hubiera arrodillado con un ramo de rosas en una mano y un diamante en la otra. No podía soportar ni una noche más en aquella habitación con...

... se había marchado, decía todo el mundo. A París, me informó una chica. A Sudamérica, afirmaba otra. Corría el rumor de que la señora Dalziel lo había enviado a casa de su tío en Inglaterra. Y aunque yo casi nunca lo veía, saber que no me lo iba a encontrar, de que ya no rondaba por las calles de la ciudad, era suficiente para...

... y encontré un montoncito de cartas en el fondo de una sombrerera. Aquello fue unos meses más tarde. Por entonces ya estaba casada y buscaba un sombrero que llevar a un bautizo. Madre y padre dijeron una noche, justo antes de mi boda, que no se podía volver a mencionar su nombre, y que me agradecerían que actuara en consecuencia. Y lo hice, quiero decir actuar en consecuencia, aunque pensé en ello mucho más de lo que se imaginaban. Así que saqué las cartas y...

... no pretendía que fuera para siempre, me gustaría que eso quedara bien claro. Yo sólo pretendía que fuera por un tiempo. Entré en el salón cuando me llamó madre y el médico estaba allí. Ella estaba arriba, todavía gritando, todavía con lo suyo. Y ellos cuchicheaban y yo capté la palabra «fuera». Kitty es quien la conoce mejor, dijo madre, y el médico del hospital me miró y me preguntó si había algo de mi hermana que me preocupara. Cualquier cosa que te haya contado en confidencia y que consideres necesario que sepamos. Y yo pensé y pensé, y entonces alcé la cabeza y compuse una expresión un poco triste, un poco insegura, y dije: Bueno, me dijo que una vez se vio a sí misma sentada en la arena de la playa, cuando en realidad estaba en el agua. Y supe por la cara del médico que lo había hecho bien, que había...

… cómo se cerraba aquel bolso. Me gustaba. Siempre lo llevaba colgado del brazo, nunca demasiado…

Iris lleva la ensalada a la mesa y la coloca a media distancia entre Esme y Alex. Los cubiertos de la ensalada los inclina hacia la anciana, y se permite una pequeña sonrisa secreta pensando que sería casi imposible encontrar dos compañeros de cena más distintos.

—¿Dónde vives? —pregunta Esme.

—En Stockbridge —contesta Alex—. Pero antes vivía en Nueva York.

—¿En los Estados Unidos de América? —Esme se inclina por encima de su plato.

Él sonríe.

—Exactamente.

—¿Cómo fuiste hasta allí?

—En avión.

—En avión —repite ella, y parece reflexionar sobre la palabra—. He visto aviones.

Alex también se inclina y entrechoca su vaso contra el de ella.

—¿Sabes? No te pareces en nada a tu hermana.

Esme, que está examinando la ensalada en su cuenco, volviéndolo a un lado y luego al otro, se detiene.

—¿Tú conoces a mi hermana?

Alex corta el aire con la mano.

—Yo no diría tanto como conocerla. Digamos que la he visto muchas veces. No le caigo bien.

—Eso no es verdad —protesta Iris—. Ella nunca…

Alex se inclina hacia la anciana con aire de complicidad.

—Sí que es verdad. Cuando mi padre y Sadie, la madre de Iris, estaban juntos, a Sadie se le ocurrió que yo fuera también a ver a la abuela. Dios sabe por qué. La abuela, evidentemente, no sabía qué demonios hacía yo allí. Me consideraba un aprovechado y no le hacía ninguna gracia que confraternizara con su preciosa nieta. Claro que Sadie y ella tampoco es que se tuvieran mucho afecto, si vamos a eso.

Esme se queda mirándolo.

—Bueno, pues a mí sí me caes bien —dice por fin—. Me pareces muy gracioso.

—¿Cuándo la viste por última vez?

—¿A quién?

—A tu hermana. —Alex está rebañando el plato con un trozo de pan, así que sólo Iris ve la expresión de Esme.

—Hace sesenta y un años, cinco meses y seis días.

Alex se frena en seco con el pan a medio camino de la boca.

—¿Quieres decir…?

—¿Nunca fue a verte? —pregunta Iris.

Esme niega con la cabeza mirando su plato.

—La vi una vez, poco después de entrar allí, pero…

—Pero ¿qué? —salta Alex. Iris quiere hacerlo callar, pero también desea oír la respuesta.

—No hablamos —contesta Esme en tono monocorde—. En esa ocasión. Yo estaba en otra habitación, detrás de una puerta, y ella no entró.

Alex observa a su hermana, que le devuelve la mirada. Él tiende la mano hacia su copa de vino, pero cambia de opinión. Apoya la mano en la mesa, luego se rasca la cabeza.

—¿Ves? —masculla—. Siempre te he dicho que era una bruja.

—Alex, por favor. —Iris se levanta para recoger los platos.

• • •

Esme está sentada a una mesa en la sala de día, con los pies encajados en torno a las patas de la silla. No puede llorar, no debe llorar. En ese lugar no se llora en público. Si lo haces, te amenazan con tratamientos o te ponen inyecciones que te hacen dormir y luego despiertas confusa, desorientada.

Se estruja las manos para contener las lágrimas y mira el papel que tiene delante. «Querida Kitty», ha escrito. Detrás de ella, Agnes y Elizabeth están riñendo.

—Bueno, por lo menos yo he tenido un hijo. Algunas mujeres no…

—Por lo menos mi propio hijo no murió por culpa de mi negligencia. Imagínate, dejar que una criatura que es carne de tu carne y sangre de tu sangre se meta debajo de un carro…

Para acallar sus voces, Esme coge el lápiz. «Ven, por favor —escribe—. Se permiten visitas los miércoles. Por favor —escribe de nuevo—. Por favor, por favor.» Apoya la frente en la mano. ¿Por qué nunca viene a verla? Esme cree que las enfermeras no echan sus cartas al correo. ¿Por qué, si no, no la visitaba? ¿Qué otra explicación podía haber? No estás bien, insisten las enfermeras. No estás bien, dice el médico. Y Esme piensa que tal vez incluso ella misma empieza a creerlo. De pronto está temblorosa. No puede llorar por nada, ni cuando Maudie le pellizca el brazo, ni cuando Dorothy le roba la galleta de la tarde. A veces mira por la ventana y piensa en el alivio de la caída hasta el suelo, allá abajo, en la frescura del aire. Tiene el cuerpo dolorido y la cabeza blanda, brumosa. El olfato se le ha agudizado de manera perturbadora. Puede encontrar opresivo el olor de la tinta de una revista que alguien está leyendo al otro lado de la sala. Sabe qué les servirán para comer sólo con husmear el aire. Es capaz de pasearse por el pabellón sabiendo quién se ha bañado esta semana y quién no.

Se pone de pie para intentar despejarse la mente, para poner algo de distancia entre ella y las demás, y se acerca a la ventana. Fuera todavía es de día. Hay una peculiar quietud. No se mueve ni una hoja de los árboles y las flores de los parterres están tiesas, rectas, inmóviles. Esme ve que los pacientes del Pabellón Cuatro están en el jardín, haciendo ejercicio. Apoya la frente contra el cristal mientras los observa. Llevan unas batas de tono pálido y vagan de un lado a otro como nubes. Es difícil saber si son hombres o mujeres, puesto que las batas son amplias y todos llevan el pelo muy corto. Algunos están inmóviles, con la vista fija al frente. Uno solloza con las manos en la cara. Otro emite un continuo grito ronco que se disuelve en un murmullo.

Ella se vuelve y contempla la sala. Por lo menos ellas llevan su propia ropa, como mínimo se cepillan el pelo todas las mañanas. No está enferma. Sabe que no está enferma. Quiere echar a correr, quiere atravesar las puertas y salir al pasillo, recorrerlo a toda velocidad y no volver jamás. Quiere gritar: Dejadme salir, cómo os atrevéis a tenerme aquí encerrada. Quiere romper algo, la ventana, la ilustración enmarcada del ganado en la nieve, cualquier cosa. Y aunque desea todo eso y más, se obliga a sentarse de nuevo a la mesa. El esfuerzo la deja temblorosa. Respira hondo, presiona las manos contra la mesa por si alguien la mira. Tiene que salir de allí, ha de conseguir que la dejen salir. Finge estar leyendo lo que ha escrito.

Y más tarde, durante el encuentro con el médico, tan largamente esperado, le dice que se encuentra mejor. Ésas son las palabras que ha decidido utilizar. Debe hacerles creer que ella también sabe que ha estado enferma, reconocer que tenían razón después de todo. Algo le pasaba, pero ahora se ha curado. Se lo repite constantemente, para empezar casi a creerlo y acallar aquellos gritos que insisten en que no le pasa nada, que nunca le ha pasado nada.

—¿Mejor en qué sentido? —pregunta el doctor Naysmith, con la pluma alzada, brillante al sol que ilumina su mesa. A Esme nada le gustaría más que llegar a ese calor, reposar la cabeza sobre sus papeles, sentir la caricia del sol en la cara.

—Pues mejor —insiste, pensando frenéticamente—. Ya... ya no lloro, últimamente. Y duermo bien. Y vuelvo a ilusionarme por las cosas. —¿Qué más, qué más?—. Como bien. Desearía... desearía volver a mis estudios.

Ve aparecer una expresión ceñuda en el doctor.

—O... o... —se apresura por corregirse— o tal vez me gustaría... me gustaría ayudar a mi madre. En la casa.

—¿Piensas alguna vez en hombres?

Esme traga saliva.

—No.

—¿Y todavía experimentas esos momentos de histeria y confusión?

—¿Qué quiere decir?

Naysmith mira algo en sus notas.

—Insistías en que tu ropa no era tuya, una chaqueta del colegio en concreto —lee con voz monótona—. Declaraste haberte visto en una manta con tu familia cuando de hecho estabas algo alejada de ellos.

Ella mira los labios del médico, que dejan de moverse y se cierran. Mira el historial que tiene delante. Parece haber muy poco aire en la habitación, tiene que respirar hasta el fondo de los pulmones y aún así se ahoga. Nota los huesos del cráneo tensos, como si encogieran, y el temblor agita de nuevo sus miembros. Se diría que el médico le ha quitado la piel para verla por dentro. ¿Cómo puede saber esas cosas cuando a la única persona a quien se las ha contado es...?

—¿Eso cómo lo sabe? —Oye temblar su propia voz, alzarse al final de la frase y piensa: Atención, ten cuidado, mucho cuidado—. ¿Cómo se ha enterado de eso?

—Ésa no es la cuestión. La cuestión es si todavía sufres esas alucinaciones.

Esme se hinca las uñas en los muslos, parpadea para despejar la mente.

—No, doctor.

Él escribe rápidamente sus notas, y debe de advertir algo en lo que Esme dice, porque al final de la sesión se arrellana en su silla, uniendo las puntas de los dedos como formando una jaula—. Muy bien, jovencita. ¿Qué te parecería irte pronto a casa?

Esme tiene que ahogar un sollozo.

—Me parecería fantástico. —Consigue decirlo con voz reflexiva, sin sonar ansiosa ni histérica—. Me gustaría mucho.

Corre por el pasillo hacia la ventana, iluminada con una suave luz de primavera, y antes de llegar a la puerta del pabellón refrena el paso hasta lograr un andar pausado, normal. Normal, normal, es la palabra que entona para sus adentros una y otra vez al entrar en la sala, al acercarse a la cama y sentarse en ella como una buena chica.

… es terrible desear…

… le cosí las lentejuelas en el bolso. Ella no sabía. La verdad es que tampoco se esforzaba mucho. Después de coser sólo dos se pinchó el dedo, se le enredó el hilo y tiró la caja de lentejuelas. La lanzó por los aires, furiosa, y exclamó: ¿Cómo se puede soportar este aburrimiento? Yo lo hice porque había que hacerlo, me quedé sentada junto al fuego mientras ella vagaba de la ventana a la mesa, al piano, a la ventana de nuevo, todavía quejándose del tedio y el aburrimiento y preguntándose cómo iba a soportarlo. Yo le dije que estaba manchando la alfombra de sangre, así que se metió el dedo en la boca para chupárselo. A mí me llevó toda la tarde coser las lentejuelas, y hasta le dije que podía contarle a madre que lo había hecho ella, pero madre le echó un solo vistazo y…

… se me cayeron las flores al recorrer el pasillo. No sé por qué, no estaba nerviosa. Me sentía muy despejada y tenía frío con aquel vestido tan fino, el vestido de madre. Pero todo el mundo lanzó una exclamación cuando se me cayeron, y la niña que era la dama de honor salió corriendo para recoger el ramo, y yo oí a alguien murmurar que eso daba mala suerte y tuve ganas de decir que yo no creo en eso, no soy supersticiosa, me voy a casar, me voy a casar y…

… es terrible desear un…

… me acuerdo muy bien de la primera vez que la vi. Nuestra *ayah*, se me ha olvidado su nombre, llegó y me puso la mano en el cuello y me dijo: Tienes una hermanita. Me dio la mano para cruzar el patio hasta el dormitorio, y madre estaba tumbada de costado y padre dijo: Sshh, está dormida, y me aupó para que viera la cuna. El bebé estaba despierto, peleándose con la sábana, y tenía la piel pálida, como mojada, como si perteneciera a algún otro elemento. Tenía los ojos oscuros como granos de café, y miraba algo más allá de nuestras cabezas. ¿Qué te parece?, me preguntó padre, y yo contesté: Es lo más bonito que he visto en la vida. Y lo era, lo era…

… un camisón de seda rosa, y me lo imaginé diciendo: Eres lo más bonito que he visto en la vida. Y cuando salió del baño, yo estaba allí tumbada en la cama, lista con mi camisón de seda color pétalo de rosa, muy tranquila. Sólo quería acabar con aquello de una vez, para poder empezar, para que comenzara mi nueva vida y dejarlo todo atrás. En el tren había practicado la firma con mi nuevo nombre, señora de Duncan Lockhart, señora K. E. Lockhart, señora de D. A. Lockhart. Se lo enseñé, para divertirnos un rato. Y él me dijo que no le gustaba mucho mi nombre. Kitty, dijo, era nombre de mascota, de gato tal vez, ¿no me parecía que Kathleen era una opción más sensata, ahora que estaba…?

… algo terrible, terrible…

… y yo estaba ahí tumbada y parecía que había pasado muchísimo tiempo. No se oía nada, ni el agua corriendo ni movimientos. Nada. Quise acercarme a la puerta del baño y pegar la oreja, sólo para asegurarme de que él seguía ahí dentro, y se me ocurrió una idea espantosa: ¿y si se había escapado por la ventana? Pero entonces se abrió la puerta y una luz amarilla se vertió en la habitación, hasta que él la apagó, y yo vi su silueta en pijama, noté la cama hundirse cuando se sentó. Carraspeó. Debes de estar muy cansada, me dijo de espaldas a mí. Yo contesté: No, no mucho. Quise añadir «cariño», pero no me salió. Y entonces pasó algo horrible. De pronto me puse a pensar en Jamie, en aquella sonrisa que le iluminaba toda la cara, en su pelo de punta sobre la frente, y aparté la cara y creo que él lo advirtió, porque ya se había tumbado. Me volví de nuevo y quise decirle que no me había apartado por él, pero no pude porque él se inclinó y me dio un beso en la mejilla, y se quedó ahí un momento y yo pensé: Ahora, va a pasar ahora, y contuve el aliento, pero él me dio las buenas noches. Y yo no entendí qué…

… y estaba allí, en la habitación de madre, con las cartas en la mano, y vi mi nombre en el sobre, y vi la letra, y vi que no las habían abierto, así que metí el dedo bajo la solapa de uno y la goma cedió fácilmente, y desdoblé la hoja y lo único que leí fue: Por favor, por favor, ven pronto, y entonces…

… doy cuenta de que estoy hablando en voz alta. Es terrible, decía, desear un hijo y no poder tenerlo. Una enfermera está junto a la mesa, mira primero algo de la pared y luego a mí, con una expresión rara. Es joven. ¿Qué sabrá ella? ¿Tú qué sabes?, le pregunto, y…

• • •

Iris está en el umbral del salón. Alex está arrellanado en una esquina del sofá, con el brazo estirado, apuntando con el mando a distancia. El televisor cobra vida y un hombre los mira ceñudo desde un estudio, señalando los círculos concéntricos de una tormenta que se acerca a otra parte del país.

Iris se sienta junto a él, doblando las piernas bajo el cuerpo, apoyando la sien derecha contra su hombro, y ambos miran el mapa meteorológico.

Alex se rasca el brazo, se agita.

—Le he dicho a Fran que probablemente me quede.

—¿Cómo?

—A pasar la noche.

—Ah —se sorprende Iris, aunque procura disimularlo—. Vale. Si quieres…

—No. Si quieres tú.

—¿Qué?

—Que me quedo esta noche si tú quieres.

Ella se incorpora.

—Alex, ¿de qué estás hablando? Sabes que si te quedas, por mí encantada, pero…

Él interrumpe con aquella voz serena y razonable que la saca de quicio.

—¿Es que no te enteras de cuándo te están haciendo un favor? Pensaba pasar aquí la noche por si estabas inquieta. Ya sabes, por tener que quedarte a solas con Esme.

—No digas tonterías. Esme está perfectamente…

Alex le agarra la cara con las dos manos para acercarla. Ella se queda tan perpleja que por un momento no puede moverse, hasta que empieza a retorcerse furiosa, pero él no la suelta.

—Iris, escúchame —dice, en esta nueva posición tan cercana—, me estoy ofreciendo a quedarme para ayudarte. No sé si lo sabes, pero en estas situaciones se supone que tienes que decir «sí» y «gracias». ¿Quieres que me quede esta noche? —La obliga con las manos a asentir con la cabeza—. Muy bien, entonces me quedo. Di «gracias, Alex», por favor.

—Gracias, Alex, por favor.

—De nada. —Aún no le ha soltado la cara. Se miran un momento. Él carraspea—. Quería decir en el sofá —se apresura a precisar.

—¿Qué?

—Que voy a dormir en el sofá.

Iris se aparta y se toca el pelo.

—Claro.

Vuelve a mirar la televisión. Aparecen imágenes de un edificio medio derribado, un río desbordado, un coche aplastado, árboles azotados por el viento.

—¿Te acuerdas de la última vez que dormimos bajo el mismo techo? —pregunta Alex de pronto.

Ella niega con la cabeza sin dejar de mirar las imágenes de la tormenta.

—Hace once años, la noche antes de mi boda.

Iris no se mueve. Se centra en el borde raído de la manga de Alex, en un punto que parece de tinta, en la trama de la tela, que empieza a deshilacharse.

—Sólo que aquella noche fuiste tú quien durmió en el sofá, no yo.

Iris recuerda el grave zumbido de una bombilla defectuosa en el pasillo, fuera de su diminuto apartamento en el Lower East Side de Manhattan, el insomnio provocado por las muchas horas de diferencia horaria, una barra de hierro que parecía recorrer toda la longitud del sofá justo debajo del tapizado. Recuerda el lamento y el estruendo de la ciudad, un sonido que se alzaba hasta la ventana abierta. Y recuerda la aparición de Alex en plena noche. No, se negó ella, no. Un no rotundo. Y forcejeó para zafarse. ¿Por qué?, preguntó él, ¿qué pasa? Llevaba sin verlo casi nueve meses, nunca habían pasado tanto tiempo separados. Iris había estado en Moscú como parte de su curso de licenciatura, batallando por enseñar a huraños jóvenes rusos las sutilezas del pluscuamperfecto inglés.

Te vas a casar, Alex, gritó ella. Mañana, ¿te acuerdas? Y él dijo que no le importaba, no quería casarse. Pues no te cases, replicó Iris. Tengo que hacerlo, objetó él, está todo dispuesto. Si quieres se puede indisponer, replicó ella. Pero él entonces gritó: ¿Por qué has tenido que irte a Rusia? ¿Por qué? ¿Cómo pudiste marcharte así? Era preciso, chilló ella a su vez, debía hacerlo. Tú no tenías que venir a Nueva York, no tenías por qué quedarte aquí, no tienes que casarte con Fran. Sí he de casarme, repuso él. Sí.

Iris estira las piernas, pone los pies en el suelo. No dice nada.

—Bueno, entonces, ¿qué vas a hacer con ese tal Lucas? —pregunta Alex, trasteando con el mando a distancia.

Iris se permite una breve pausa antes de contestar.

—Luke.

—Luke, Lucas, como se llame. —Hace un gesto con la mano—. ¿Qué vas a hacer?

—¿Sobre qué?

Alex suspira.

—No seas obtusa. Ya verás, inténtalo aunque sólo sea una vez. A ver qué se siente.

—Nada —contesta Iris por fin, con la vista fija en la televisión. No quiere hablar del tema, igual que no quiere hablar de la noche anterior a la boda de Alex, pero le alivia ver que por lo menos parecen haber vuelto al presente—. No sé a qué te refieres. No voy a hacer nada.

—¿Cómo? ¿Vas a seguir siendo la querida de ese tío? Joder, Iris. —Tira el mando contra el brazo del sofá—. Pero ¿no te das cuenta de que te estás vendiendo muy barata?

Ella se yergue bruscamente, ofendida.

—Yo no me estoy vendiendo ni mucho menos. Y no soy su querida. Qué palabra más espantosa. Si crees que…

—No te estoy atacando. Pero es que no sé si…

—¿Qué? ¿Qué no sabes?

—No sé. —Se encoge de hombros—. Vaya, que si… Ay, no sé. —Juguetea con un hilo suelto de un cojín—. ¿Es de verdad la persona que quieres?

Iris suspira. Se reclina hasta quedar tumbada sobre los cojines. Cierra los ojos, apretándoselos con los dedos, y cuando vuelve a abrirlos la habitación destella con vívidos colores.

—Dice que la va a dejar —le cuenta a la pantalla de la lámpara.

—¿De verdad? —Alex la mira, ella lo sabe pero no le devuelve la mirada—. Umm… —Vuelve a coger el mando a distancia—. No me lo creo. Pero ¿qué harías tú si llegase a dejarla?

Desde su posición, Iris ve a Esme entrar en la sala y acercarse. No sabe cómo lo consigue, pero tiene la capacidad de hacerse casi invisible. La observa y ve que la anciana no mira en su dirección, no reconoce su presencia en la habitación, como si los invisibles fueran ellos.

—¿Qué? —pregunta sin dejar de mirar a Esme—. Ah. Pues no me gustaría nada. Me daría terror, ya lo sabes.

Algo ha distraído a la tía abuela. Se detiene de pronto, luego se acerca a una mesa pegada a la pared. ¿Es ese mueble lo que le ha llamado la atención? No. Es el tablón colgado encima de ella, con su *collage* de postales y fotografías. Se inclina para observarlas. Iris vuelve a mirar la televisión, las noticias de la lluvia y los fuertes vientos.

De pronto se vuelve. Esme ha dicho algo, con una curiosa voz aguda.

—¿Cómo dices?

La anciana señala algo en el tablón.

—Ahí estoy yo.

—¿Tú?

—Sí. Es una foto mía.

Iris se levanta, más que encantada de dejar el sofá y la conversación con Alex, y cruza la sala.

—¿Estás segura? —pregunta con escepticismo. No es posible que haya tenido una fotografía de Esme durante tantos años sin haberse dado cuenta.

La mujer señala una foto sepia de bordes rizados que Iris había encontrado entre los papeles de su abuela. La tiene ahí pegada porque le gusta. Aparecen dos niñas y una mujer junto a un gran coche blanco. La mujer lleva un vestido blanco y un sombrero, y sobre los hombros una estola de zorro con la cola metida en la boca. La niña mayor está a su lado, con los pies separados, tocándole el brazo con la cabeza. Lleva una cinta en el pelo y calcetines hasta los tobillos, y le da la mano a la pequeña, que tiene la vista fija en algo más allá de la cámara. Su perfil está algo borroso: debió de moverse cuando se cerró el obturador. A ojos de Iris esto le confiere una apariencia fantasmal, como si en realidad no hubiera estado allí. Su vestido hace juego con el de la otra niña, pero se le ha soltado la cinta del pelo y el extremo le cae hasta el hombro. En la otra mano lleva un objeto pequeño y anguloso, tal vez un sonajero o una especie de tirachinas.

—Nos la hicieron en el jardín de mi casa, en la India. Nos íbamos de excursión. A Kitty le dio una insolación.

—No puedo creer que seas tú. —Iris se ha quedado mirando aquella imagen que se sabe de memoria pero que de pronto no es capaz de reconocer—. No puedo creer que estés ahí. Justo ahí. Te he tenido delante todos estos años, sin saber de ti. He tenido esta foto sobre mi mesa muchísimo tiempo y jamás se me ocurrió pensar quién sería la otra niña. Pero qué tonta. Qué tonta he sido. Vamos, si hasta lleváis la

185

misma ropa. —Frunce el ceño—. Debería haberme dado cuenta. Es evidente que sois hermanas.

—¿Sí? ¿Tú crees? —Esme se vuelve hacia ella.

—Bueno, no os parecéis, pero me resulta increíble que no me haya fijado nunca, que nunca le preguntara quién era la otra niña. Encontré la foto cuando ella ya estaba tan mal que tuvimos que sacarla de aquí.

Esme sigue mirándola.

—¿Está muy enferma?

Iris se muerde una uña rota haciendo una mueca.

—Es difícil saberlo con exactitud. Según los médicos, físicamente está en buena forma, pero su mente es un misterio. Hay cosas que recuerda con bastante claridad, y otras las ha olvidado por completo. En general, es como si se hubiera quedado clavada treinta años atrás. A mí no me reconoce, no sabe quién soy. En su mente, su nieta Iris es una niña pequeña con un vestidito.

—Pero ¿recuerda cosas de antes? De hace más de treinta años, digo.

—Pues sí y no. Tiene días buenos y días malos, depende del momento en que la pilles y de lo que le digas. —No sabe si hablar de esto o no, pero antes de poder pensarlo siquiera, se oye decir—: Le pregunté por ti, ¿sabes? Fui a verla especialmente para eso. Al principio se quedó callada, pero luego dijo… bueno, dijo una cosa muy rara.

Esme se queda mirándola con extrañeza e Iris no sabe si la ha entendido.

—Kitty —explica—. Fui a ver a Kitty para preguntarle por ti.

—Sí. —Esme inclina la cabeza—. Entiendo.

—¿Te gustaría saber lo que dijo? No tengo por qué contártelo. Vaya, que la decisión es…

—Me gustaría saberlo.

—Pues dijo: «Esme no quería soltar al bebé.»

Esme se vuelve al instante, como sobre un eje. Su mano hiende el aire sobre la mesa de Iris, más allá de los papeles, los sobres, los bolígrafos, las cartas sin contestar. Se detiene cerca del tablón.

—¿Es ésta tu madre? —pregunta, señalando una fotografía en que aparecen Iris, el perro y su madre en la playa.

La joven tarda un momento en contestar. Todavía está pensando en el bebé, de qué niño podría tratarse, todavía va a toda velocidad por el camino del detective y tarda unos instantes en pisar el freno.

—Sí —dice, e intenta concentrarse en la foto. Así que te estás evadiendo, quiere decir. Toca la foto de al lado, echando una fugaz mirada a Esme—. Éste es mi primo y el hijo de mi primo. Ahí están Alex y mi madre otra vez, en la azotea del Empire State Building. Ésos son unos amigos, con los que estuve de vacaciones en Tailandia. Y ésa es mi ahijada. Va disfrazada de ángel para la función de Navidad. Ahí estamos Alex y yo de pequeños... la foto nos la hicieron aquí en el jardín. Y ésta es de la boda de una amiga, hace un par de meses.

Esme examina cada foto con atención, como si luego tuviera que pasar un examen.

—Cuánta gente tienes en tu vida —murmura—. ¿Y tu padre? —pregunta enderezándose, taladrando a Iris con aquella mirada suya.

—¿Mi padre?

—¿Tienes alguna foto?

—Sí, es ése.

Esme se inclina para mirar. Saca la chincheta y se acerca la fotografía a la cara.

—Se la hicieron justo antes de morir —añade Iris.

... así que a escondidas de madre y de Duncan, cogí un taxi. Les dije que me iba al centro, pero en realidad me marché en dirección contraria. En el trayecto no dejaba de pensar en cómo sería, y me imaginé una habitación bonita, y ella en camisón, sentada en una silla con una manta sobre las rodillas, mirando por la ventana hacia el jardín, tal vez. E imaginé su cara iluminándose al verme, y que la ayudaría un poco en pequeños detalles, alisando la manta o leyéndole de un libro, si le apetecía. Me la imaginé cogiéndome la mano y apretándomela agradecida. Me quedé perpleja cuando el taxista me dijo que habíamos llegado. ¡Estaba muy cerca! Ni siquiera a diez minutos de nuestra casa. Y todo aquel tiempo me la había imaginado muy lejos, fuera de la ciudad. Pero no, estaba a poco más de un kilómetro de distancia, dos como mucho. Una enfermera me recibió en la puerta y me llevó no donde estaba ella, sino a una oficina donde me saludó un médico que jugueteaba con una pluma: Es un placer conocerla, señorita… Y yo le dije: Señora, señora Lockhart. Y él se disculpó y asintió con la cabeza. Me dijo que había intentado ponerse en contacto con mis padres. Dijo…

… la sexta noche de mi matrimonio, cuando él se metió en la cama, lo toqué en la oscuridad. Le cogí la mano y se la sujeté con fuerza. Duncan, le dije, y me sorprendió oír lo autoritaria que sonaba mi voz, ¿va todo bien? Había ensayado la frase durante el día, durante muchos días, había elegido con cuidado qué decir. ¿Es por mí?, le pregunté. ¿Es algo que estoy haciendo, o que no estoy haciendo? Dime qué he de hacer. Debes decírmelo. Él apartó la mano y me dio unos toquecitos. Cariño, me respondió, seguro que estás cansada. En la decimonovena noche, de pronto se acercó a mí en la oscuridad. Me dio tal susto que me dejó sin respiración, pero me quedé quieta y él me cogió el hombro con una mano, como probando una pelota de tenis, y yo noté sus pies toqueteando los míos, y su otra mano alzando la falda del camisón, y entonces dio un tirón brusco a algo más abajo, y

188

movió la mano del hombro a mi pecho, y yo lo único que podía pensar era: Dios mío. Y entonces se detuvo. Paró en seco. Se apartó de mí, volvió a su lado de la cama. Oh, dijo con voz horrorizada. Oh, pensaba que… Y yo le pregunté: ¿Qué pensabas? Pero él no…

… el médico me llamó señora Lockhart y me preguntó: ¿Qué medidas ha tomado su familia para cuando ella vuelva a casa? Para ella y el niño.

La enfermera Stewart aparece junto a la cama de Esme una mañana temprano.

—Levántate y recoge tus cosas.

Esme aparta de golpe las sábanas.

—Me voy a casa. Me voy a casa, ¿verdad?

La enfermera Stewart acerca la cara.

—No digo que sí ni que no. Vamos, date prisa.

Se pone el vestido y mete apresuradamente sus posesiones en los bolsillos.

—Me voy a casa —le dice a Maudie mientras cruza la sala detrás de la enfermera Stewart.

—Qué bien, cariño. Ven a visitarnos.

La enfermera Stewart baja dos tramos de escalera, recorre un largo pasillo, pasa junto a una hilera de ventanas, y Esme capta atisbos de cielo, de árboles, de gente paseando por la calle. Va a salir. Hay un mundo esperándola ahí fuera. Apenas puede contenerse para no echar a correr. Se pregunta quién habrá acudido a recogerla. ¿Kitty? ¿O sólo sus padres? Seguramente su hermana habrá venido, después de tanto tiempo. Estará esperándola en el vestíbulo de losetas blancas y negras, sentada en una silla tal vez, con el bolso en el regazo, como siempre, los guantes puestos, y cuando Esme baje la escalera volverá la cabeza, girará la cabeza y sonreirá.

Esme está a punto de bajar el tramo de escalera que lleva a la planta baja y a Kitty cuando se da cuenta de que la enfermera Stewart ha abierto una puerta. Esme entra. Luego la enfermera Stewart habla con otra enfermera y anuncia: Aquí está Euphemia, y la enfermera dice: Ven, por aquí, ésta es tu cama.

Esme se queda mirando la cama. Es de acero, con una tosca colcha de algodón, y en el extremo hay una manta doblada. Es una habitación vacía con una ventana tan alta que sólo se ve una nube gris. Esme se vuelve.

—Pero si me voy a casa —protesta.

—No, no te vas —replica la enfermera, y tiende la mano para quitarle el fardo de ropa.

Esme lo aparta. Se da cuenta de que está a punto de echarse a llorar. Está a punto de echarse a llorar y esta vez no cree que pueda evitarlo. Da una patada en el suelo.

—¡Sí me voy! El doctor Naysmith dijo…

—Te quedarás aquí hasta que llegue el niño. —La enfermera Stewart está apoyada contra la pared, observándola con una peculiar sonrisa.

—¿Qué niño?

Tiene la cara tan cerca de la cabecera de la cama que ve hasta las marcas en el metal, arañazos y desconchados en el esmalte. Está retorcida, la cabeza hundida en el colchón, la espalda arqueada, las manos cerradas sobre las marcas y los nudillos blancos. El dolor viene de su mismo centro y parece engullirla, tomando por asalto su cabeza. Tanto dolor es inimaginable. No cesará. La ha atrapado en un puño constante que jamás cede, y Esme no cree que vaya a sobrevivir. Ha llegado el momento. Su hora se acerca. No es posible sufrir tanto y no morir. Tensa los dedos en torno a las marcas y oye que alguien grita y grita, y sólo entonces se le ocurre que son

190

marcas de dientes. Alguien en ese pabellón, en esa misma cama, ha llegado a morder los barrotes. Y oye sus propios gritos: Dientes, dientes.

—¿Qué dice? —pregunta una enfermera, pero Esme no oye la respuesta.

Hay dos enfermeras con ella. La más joven es agradable. La sujeta a la cama, como la otra, pero no con tanta firmeza, y al principio le enjugaba la cara con un paño cuando la enfermera mayor no miraba.

Todavía le sujetan los hombros, las pantorrillas, insistiendo: Quieta, quieta. Pero ella no puede. El dolor la retuerce, la levanta de la cama, la arquea. Las enfermeras vuelven a arrojarla sobre el colchón, una y otra vez. Empuja, le gritan, empuja. No empujes. Ahora empuja. Deja de empujar. Vamos, chica.

Esme ya no siente las piernas ni los brazos. Oye un chillido agudo y jadeos, como de un animal enfermo, y la enfermera le está diciendo: Así, así, sigue, y ella cree haber oído esos sonidos antes, en algún lugar, hace mucho tiempo. ¿Es posible que haya oído a su madre pariendo a Hugo, a uno de los otros niños? Parece verse: se acerca de puntillas a una puerta, a la puerta de sus padres en la casa de la India, y oye el mismo jadeo-jadeo-jadeo, y los agudos chillidos, y los gritos de ánimo. Y el olor. Este olor caliente, húmedo, salado, es algo que ha percibido antes. Se ve junto a la puerta, está abriéndola y ve por la rendija lo que por un instante parece un cuadro. La habitación en penumbra, el blanco de la sábana manchado de alarmante escarlata y la cabeza de una mujer, empapada de sudor, inclinada, como suplicando, mientras las asistentes del parto se afanan en torno a ella y el vapor se eleva desde un barreño. ¿Es posible que lo haya visto? Inclina la cabeza, lanza tres cortos jadeos, e incluso la aparición de una criatura pequeña, resbaladiza como un pez, es irreal, como algo que ya ha sucedido.

Esme se pone de costado y sube las rodillas hacia el pecho. Es un náufrago que ha ido a parar a la playa. Se examina las manos, crispadas junto a su cara. Parecen las mismas. Y esto se le antoja muy curioso, que no hayan cambiado nada, que tengan el mismo aspecto de siempre. La enfermera está cortando una especie de cuerda retorcida y Esme contempla el diminuto cuerpo azulado que se tiñe de rojo. La enfermera le da un azote en las nalgas antes de darle la vuelta.

Esme se incorpora sobre un codo con un esfuerzo inmenso. El niño tiene los ojos cerrados, los puños en las mejillas, y su expresión es insegura, ansiosa. Mira, dice la enfermera, es un niño, un niño sano. Ella asiente con la cabeza. La enfermera lo envuelve en una manta verde.

—¿Puedo cogerlo?

La enfermera joven echa un vistazo hacia la puerta.

—Bueno —contesta, todavía con el niño en brazos—. Deprisa.

Esme lo toma y el peso, la sensación, le resulta curiosamente familiar. Él abre los ojos con una mirada grave, serena, como si hubiera estado esperándola. Esme le toca la mejilla, le toca la frente, le toca la mano, y él la abre y vuelve a cerrarla con fuerza en torno a su dedo.

La enfermera mayor ha vuelto y dice algo de unos papeles, pero Esme no escucha. La enfermera tiende las manos hacia el niño, ella lo rodea con los brazos.

—¿No podemos dejárselo cinco minutos? —pide la enfermera joven con voz suave, suplicante.

—¡No, no podemos! —le espeta la otra, que quiere quitarle el niño a Esme.

En cuanto ella se da cuenta de lo que está pasando, estrecha al niño de nuevo. No, dice, no. Baja de la cama con él y las rodillas se le doblan, pero se aleja a rastras por el suelo, aferrando al pequeño contra su pecho. Vamos, Euphemia, dice la enfermera detrás de ella, no seas mala, dame al niño.

No, no, exclama Esme, déjame. La enfermera la agarra del brazo. Escucha, comienza, pero ella se vuelve y le lanza un puñetazo al ojo. La enfermera masculla un insulto, tambaleándose hacia atrás, y Esme hace acopio de fuerzas para levantarse. Por un instante no encuentra el equilibrio, con aquella curiosa ligereza después de tantos meses, pero al final consigue dejar atrás la cama, dejar atrás a la enfermera joven, que también intenta detenerla, y logra acercarse a la puerta.

Está ahí, está ahí, ha salido, está en el pasillo, y corre hacia la escalera y el niño es cálido y húmedo contra su hombro, y Esme piensa que ahora podrá ser libre, que se llevará al niño y volverá a casa, que no la rechazarán, y que podría seguir corriendo así para siempre, pero oye pasos a su espalda y alguien la agarra por la cintura.

Euphemia, le dicen, basta ya, basta. La enfermera está ahí de nuevo, la vieja bruja, roja de ira. Se lanza hacia el hombro sobre el que tiene el niño, pero ella se aparta de un tirón. Está sonando una alarma. La enfermera joven tiene las manos sobre el niño, el bebé de Esme, y tira de él. El niño llora. Es un sonido bajito, un e-he e-he, junto al oído de Esme. Es su hijo y se aferra a él, no se lo van a quitar, pero ahora la otra enfermera le dobla el brazo, se lo retuerce a la espalda, y aunque el dolor estalla de nuevo, ella piensa que puede aguantar si con eso impide que se lleven al niño, pero la enfermera le rodea el cuello con el brazo y aprieta, y es difícil respirar, y se ahoga, y nota, nota, nota que el niño se desliza de sus manos. No, intenta decir, no, no, por favor. La enfermera se lo lleva, se lo está llevando, se lo ha llevado. Se lo ha llevado.

Esme ve el penacho de pelo de la coronilla mientras la enfermera se aleja corriendo con él, una mano como una estrella de mar, apretado el puño, oye el lamento e-he e-he. Hombres, hombretones corren hacia ella con cinchas y agujas y camisas de fuerza. La empujan contra el suelo, boca abajo, una marioneta sin hilos, y ve que lo único que le queda de él es la manta, la manta verde, que se ha arrugado entre sus manos, vacía. Y grita, se debate, alza la cabeza y ve los pies de la enfermera que aún se aleja, pero a él no lo ve. Intenta levantar más la cabeza para verlo por última vez, pero alguien le aplasta la cara contra el suelo, de manera que tiene que limitarse a escuchar, más allá de los gritos, los chillidos y la alarma, los pasos que se van alejando por el pasillo y finalmente se desvanecen.

… desde luego no lo sabía. Me parece que no lo sabía nadie. Yo creo que todas esperábamos que el hombre supiera qué había que hacer. Yo por supuesto nunca le pregunté a madre, y ella nunca me explicó nada. Recuerdo haberme preocupado antes por el tema, pero en aquel entonces mis inquietudes eran otras. Nunca se me ocurrió que él no sabría que…

… y a veces la miraba preguntándome qué tenía. Llevaba el pelo desgreñado y la ropa arrugada y descuidada, le habían salido pecas porque nunca se ponía sombrero para estar al sol, no se cuidaba las manos. Y por supuesto entonces me sentía culpable, porque era mi hermana y ¿cómo podía yo albergar unos pensamientos tan poco caritativos? Pero aún así me lo preguntaba. ¿Por qué ella? ¿Por qué ella y no yo? Yo era más guapa, eso siempre lo comentaban, era mayor, más cercana a la edad de él, de hecho. Tenía habilidades que ella jamás dominaría. Todavía pienso de vez en cuando que si él no se hubiera marchado, habría sido posible que yo…

… lo oí. Lo oí todo. Estaba en una sala que daba al pasillo, esperando. Entró una enfermera, luego otra, y cerraron de un portazo, *blam*. Parecían agitadas, y las dos jadeaban. La mosquita muerta, dijo una, pero al verme se interrumpió. Y nos quedamos todas oyendo los gritos. Había un hueco encima de la puerta, de manera que el ruido era muy claro. Y yo dije…

… y el especialista me pidió que me quitara la ropa de cintura para abajo, y yo casi me puse enferma, pero lo hice. Tuve que quedarme mirando el techo mientras él manoseaba y toqueteaba, y para cuando se enderezó yo estaba a punto de gritar. Y él parecía nervioso. Querida, me dijo, está… eh… está todavía intacta, ¿me comprende? Yo dije que sí, pero la verdad era que no. Y él trasteaba sin parar, lavándose las manos, de espaldas a mí. ¿Todavía no ha tenido relaciones con su marido? Yo contesté que sí. Dije que habíamos tenido relaciones. Dije que creía que las habíamos tenido. ¿No? El médico miró sus notas y dijo: No, querida, no. Y esa noche me senté en el borde de la cama, intentando no llorar, esforzándome de verdad, y le conté a Duncan lo que había dicho el médico, le…

… hora de una galleta, piensa esa mujer. Ojalá se marchara. Ojalá se marcharan todos. No logro entender cómo puede una estar tan sola encontrándose constantemente rodeada de gente. ¿Cómo voy a existir si…?

… intenté averiguar algo que me diera una pista, todas las chicas lo hacían en aquella época, pero era todo muy vago. Se sabía que pasaba de noche, en la cama, y se suponía que dolía, pero más allá de eso, todo era muy difuso. Pensé incluso en preguntárselo a mi abuela, pero…

… no, no quiero una galleta de crema. Es lo que menos me apetece. Pero ¿es que esta gente no…?

… de pronto cesaron los gritos y se instaló un silencio sepulcral. ¿Qué ha pasado?, pregunté. Y la enfermera que tenía más cerca contestó: Nada. La han sedado. No te preocupes, me dijo, que ahora se ha dormido y cuando despierte se le habrá olvidado todo. Y en ese momento vi al niño. No me había dado cuenta hasta entonces. La enfermera me vio mirarlo, me lo acercó y me lo puso en los brazos. Yo lo contemplé y algo me sobrecogió. Entonces estuve a punto de cambiar de opinión, de decir: No, no lo quiero. Olía a ella.

Olía a ella.

Eso nunca lo he superado.

Pero entonces yo…

… pensé que esas palabras las entendería. Se las dije: Penetración, le dije, y una emisión de fluido. Me las había aprendido como aprendí los verbos franceses mucho tiempo antes. Pensé que serviría de ayuda. Pensé que con eso se arreglaría el problema. Me había puesto el camisón rosa. Pero él se inclinó, cogió su almohada y cruzó la habitación. Creo que hasta que llegó a la puerta no me creí de verdad que se marchaba. Pensé que a lo mejor estaba paseando, que tal vez iba a salir por algo. Pero no. Llegó a la puerta, la abrió, salió, la cerró a su espalda. Y algo en mi interior se cerró también. Al día siguiente, a escondidas de él y de mis padres, fui al hospital, donde me salió al paso el médico que dijo…

… el olor de la galleta es nauseabundo. La voy a meter debajo de ese cojín, así no la oleré…

… así que me quedé mirando al bebé porque pensé que no podría hacerlo, pensé que tendría que devolverlo, y entonces descubrí a quién se parecía. Era evidente. Creo que hasta ese momento no me había dado cuenta del todo de lo que había ocurrido, de lo que ella había hecho. Había hecho eso con él. Y me invadió la rabia. ¿Cómo había sabido ella, y yo no? Era más joven que yo, no era tan guapa como yo, desde luego no estaba tan dotada como yo, ni siquiera estaba casada, y a pesar de todo había conseguido…

… fui porque, la verdad, no sabía a qué otro sitio acudir. Madre no me habría ayudado y yo no podía confesárselo, porque nosotras no manteníamos esa clase de conversaciones. La visita al médico no había servido de nada, de hecho había empeorado las cosas. Y yo deseaba un hijo con todas mis fuerzas. Era como un dolor de cabeza, como una piedra en el zapato. Es terrible desear algo que no puedes tener. Te domina, no te deja pensar con claridad. Me di cuenta de que no había ninguna otra persona a quien se lo pudiera contar. Y la echaba de menos. La echaba de menos. Habían pasado meses desde su marcha, de manera que tomé un taxi. Por el camino iba muy nerviosa. No dejaba de pensar en la cara que pondría cuando me viera entrar. Pero cuando el médico me salió al paso antes de poder verla, y cuando dijo lo que dijo de ella, del niño, yo…

… nunca volvió a nuestra habitación. Dormía al otro extremo del pasillo, y cuando madre murió y yo heredé la casa nos trasladamos aquí, y él tomó el cuarto que había sido de mi abuela, mientras que yo me quedé con el que había compartido con…

Y sostiene la fotografía, la sostiene en las manos, la mira y lo sabe. Piensa de nuevo en esos números, los doses y los ochos, que juntos hacen ochenta y dos y también veintiocho. Y piensa en lo que le pasó una vez el día 28 de un mes de verano. O más bien no lo piensa. No necesita pensarlo. Está siempre en su mente, siempre y para siempre. Lo lleva dentro constantemente, lo oye. Forma parte de su ser.

Sabe quién es este hombre. Sabe quién fue. Ahora lo ve todo. Mira la sala donde antes guardaban la ropa de verano en baúles de cedro durante todo el invierno, vestidos doblados de algodón y muselina que, con el clima de Edimburgo, muy rara vez se ponían. En los días soleados de agosto a veces los sacaban, los aireaban, se los probaban. No recuerda con cuánta frecuencia. Pero en lugar de la alta cómoda de muchos cajones que a su madre le venía tan bien para sus blusas estampadas y los chales ligeros, hay un televisor que

arroja sobre la sala una luz azulada, parpadeante y morte-
cina.

Mira otra vez la fotografía del hombre. Lleva a una niña
sobre los hombros. Están al aire libre, y las ramas de un árbol entran desde arriba en el encuadre. El hombre tiene la
cara medio vuelta hacia lo alto para decirle algo a la niña,
que se aferra a su pelo, y él la agarra de los tobillos, con fuerza, como si tuviera miedo de que saliera volando hacia las
nubes.

Examina la cara del hombre y ve en sus rasgos, en el
gesto de la cabeza, todo lo que en su vida ha querido saber.
Lo que detecta, lo que entiende es esto: Era mío. Parece
tender los brazos hacia esta constatación y tomarla. Se la
pone como un abrigo. Era mío.

Se vuelve hacia la niña, que está a su lado, y advierte que
se parece tanto a la madre de Esme, pero tanto, tantísimo,
que podría ser ella, pero con ese aspecto tan raro, tantas capas de ropa, y con el pelo cortado con un flequillo asimétri-
co, tan distinta y alejada de lo que su madre había sido, que
casi da risa pensarlo. Y comprende que la niña también es
suya. Qué idea. Qué cosa. Quiere tomarle la mano, tocar esa
carne que ahora es carne de su carne, quiere abrazarla con
fuerza, por si sale volando hacia las nubes como una cometa
o un globo. Pero se contiene. Se limita a dar dos pasos hacia
una silla y sentarse, con la fotografía en el regazo.

Cuando te sedan hay un instante, antes de que te devore
del todo la inconsciencia, en que el entorno real deja una
impresión sobre ese nebuloso delirio en que te hundes. Durante un breve momento habitas dos mundos, flotando entre ellos. Esme se pregunta fugazmente si los médicos lo sa-
brán.

En fin, el caso es que la levantaron del suelo del pasillo. Estaba inerte, como una enorme muñeca de trapo. Ya
salían del techo miles de hormigas, y de reojo veía un pe-

rro gris que corría junto a la pared con el hocico pegado al suelo.

Dos hombres la llevaban, de eso está bastante segura, cada uno la agarraba de un brazo y una pierna, mientras toda la sangre se le agolpaba en la cabeza echada hacia atrás, lo que le quedaba de pelo arrastrándose por el suelo. Sabía adónde la llevaban, ya había estado en Cauldstone el tiempo suficiente para comprenderlo. El perro gris parecía seguirla, acompañarla, pero al cabo de un instante se escabulló por el pasillo y saltó por una ventana. ¿Podía estar abierta esa ventana? ¿Era eso posible? Seguramente no, pero le parecía notar una brisa en la piel, una brisa cálida que venía de alguna parte, y vio que una persona salía por una puerta. Pero esto tampoco podía ser real, porque esa persona era su hermana y parecía estar cabeza abajo, andando por el techo. Y llevaba la chaqueta de Esme, o al menos una chaqueta que antes le había pertenecido, una de lana roja que a su hermana siempre le había gustado. La miró anhelante. Su hermana. Increíble. Aquí. Pensó en hablar, llamarla, pero los labios no le obedecían, la lengua no se movía y, de todas formas, su hermana no podía ser real. Nunca había ido a verla. En un instante saltaría por la ventana como el perro gris, como todas las hormigas, que estaban echando alas y arremolinándose en su cara con sus patitas ganchudas.

… era perfecto. Eso es todo. Parecía demasiado bueno para ser verdad. Yo deseaba muchísimo tener un hijo, mucho, mucho. Era como si hubiera bajado un ángel del cielo para decirme: Esto podría ser tuyo. Así que fui a hablar con padre, porque sin él no podía hacerse nada, por supuesto. Pedí que me recibiera en su estudio. Mientras yo hablaba él se quedó sentado a su mesa, mirando el papel secante, y cuando terminé no dijo nada. Me quedé allí esperando, de pie, con la ropa buena, porque me había parecido apropiado vestirme bien para realizar mi petición, como si eso fuera a ayudarme. Es que no veía otra salida, no había otra manera de acabar con mi tormento. Creo que cuando se lo expuse me temblaba la voz. Y él alzó la cabeza bruscamente porque no había nada que aborreciera más que una mujer llorando. Siempre lo decía. Y suspiró. Como tú veas, cariño, me dijo, e indicó que me marchara. En ese momento, cuando salí al pasillo, me parecía increíble que todo aquello pudiera pasar, que fuera posible. Pero quiero dejar bien claro que yo nunca quise…

… tan fácil. Le dije a todo el mundo que me marchaba unos meses al sur. Sí, me voy por el clima, los médicos dicen que en mi estado es mejor el calor. Sí, un hijo. Sí, es maravilloso. No, Duncan no me acompañará. El trabajo, ya sabes. Todo facilísimo. El único problema de mentir es que hay que acordarse de qué se le ha dicho a quién, y eso fue sencillo porque a todos les conté lo mismo. Fue perfecto. Gloriosa, inefablemente perfecto. Nadie sabría nunca nada. A Duncan le dije: Voy a tener un hijo, me marcho. Ni siquiera lo miré para ver su reacción. A veces pienso que madre lo había intuido, pero no puedo estar segura. Tal vez padre le contó algo, aunque él mismo sostenía que era mejor que no lo supiera. Pero si madre lo averiguó, jamás…

… Jamie venía a Edimburgo de vez en cuando con su esposa francesa, y luego con una inglesita, y luego, pero eso ya muchos años después, con una niña tonta a la que doblaba la edad. Una vez tuvo en brazos al niño. Llegó sin anunciarse; yo estaba en el salón mientras Robert se encontraba en el suelo, en una alfombra. Recuerdo que estaba gateando. Y Jamie entró, por una vez venía solo, y Duncan se hallaba fuera, y ahí estaba el niño en la alfombra, entre nosotros. Vaya, el heredero, comentó, y yo no podía pronunciar palabra. Se inclinó para cogerlo y lo alzó por encima de su cabe-

200

za, y yo seguía sin habla, y él dijo: Pero qué niño más guapo, qué guapo, y el niño lo miró, lo miró fijamente como hacen los críos, y entonces hizo un puchero, abrió la boca y se puso a berrear. Lloraba como loco, se agitaba, se debatía, y yo tuve que cogerlo, llevármelo arriba, lejos, lejos, menos mal. Lo abrazaba mientras subía por la escalera, susurrándole al oído. Le susurré la verdad. Era la primera vez que la decía. La única vez. Le dije…

… veces cuando no era tan fácil. ¿Quién era el que no sabía guardar un secreto y tenía que susurrárselo al río? No me acuerdo. Algunos días resultaba muy difícil. Si hubiera tenido por lo menos a una persona en quien confiar, con quien desahogarme, habría resultado más llevadero. Volví a aquel sitio, una vez, me pareció adecuado. Y me acompañaron a un lugar horrible, como una mazmorra, y me indicaron que mirase por un agujerito en una puerta con cerraduras de hierro. Y en esta cámara oscura vi a una criatura, un ser envuelto como una momia pero con la cara descubierta, toda rajada, sangrando. Y se arrastraba, se arrastraba, con el hombro contra la pared acolchada, mascullando entre dientes. Y yo dije que no, que ésa no era, pero ellos insistieron en que sí, que era. Volví a mirar y me pareció que tal vez sí era ella y…

… así que le dije al médico: Sí, la adopción sería perfecta, yo me haré cargo de él. Y él me contestó: Admirable, señora Lockhart. Nosotros nos quedaremos con Euphemia una temporada, para ver cómo evoluciona, y luego tal vez… Y yo dije que sí. Así de sencillo. Pero nunca quise que…

Iris se despierta de golpe y permanece un momento tumbada, desconcertada, mirando el techo. Algo la ha despertado. ¿Algún ruido, algún movimiento desconocido en la casa?

Todavía es temprano, no ha amanecido, la luz es gris y acuosa tras las persianas, casi toda la habitación está a oscuras.

Se da la vuelta buscando en la almohada una parte cómoda, que no esté aplastada, se sube el edredón hasta el cuello. Piensa en Esme, que está en la habitación de al lado, en su cama pequeña, y en Alex, que duerme en el sofá. Piensa que se le está llenando la casa. Y de pronto toma conciencia de lo que la ha despertado.

No era tanto un sueño como una especie de recuerdo. Había estado paseando por las plantas inferiores, a través de la casa tal como era en tiempos de su abuela. Al otro lado de la pesada puerta de roble del salón, por el vestíbulo, más allá de la puerta principal con su vidriera de colores donde la luz del sol se descomponía en triángulos rojos y cuadrados azules, por la escalera, mientras el bajo de la falda aleteaba en torno a sus piernas desnudas, hasta el rellano. Está atravesando la alcoba donde…

Vuelve a darse la vuelta, enfadada, dando puñetazos y tirones a la almohada. Debería leer un libro, a ver si vuelve a dormirse. Debería ir al lavabo, o a la cocina a beber algo. Pero no quiere salir, no quiere andar por ahí en plena noche, por si acaso…

De pronto se le ocurre otra cosa y se incorpora de golpe. En el sueño tenía puesto el mismo vestido, aquel vestido ligero que llevaba la vez que… Iris se tumba bruscamente de espaldas, rascándose el pelo con furia. Le da una patada al edredón, hace calor, mucho calor, ¿por qué tiene tanto calor?, ¿por qué es tan incómoda la puta cama? Cierra los ojos con fuerza y se sorprende al percibir que está a punto de echarse a llorar. No quiere pensar en eso, no quiere pensar en eso para nada.

El mismo vestido que cuando su abuela los sorprendió. Iris se tapa la cara con las manos. Ha enterrado el recuerdo de tal manera, se ha prohibido pensar en ello tan eficiente-

202

mente durante tanto tiempo, que parece que nunca hubiera sucedido. Ha conseguido reescribir su propia historia, casi. La vez que Kitty los sorprendió.

Echa un vistazo a la pared que separa su cuarto del salón. Tiene ganas de escupirle, de tirarle algo, de chillar: ¿Cómo te atreves? Deduce que la presencia de Alex en la casa ha ejercido alguna influencia maligna sobre sus sueños.

La vez que Kitty los sorprendió. Iris había estado fuera, era el final de su primer año en la universidad. Sadie y Alex la habían recogido en la estación y Sadie le contó que iban a pasar a tomar el té en casa de su abuela. Iris y Alex llevaban mucho tiempo sin verse, lo que parecía una eternidad, y en aquella habitación oscura cargada de brocados que su abuela llamaba el salón tuvieron que sentarse el uno junto al otro delante de una fuente de diminutos sándwiches, bollos con mantequilla, té en tazas de porcelana. Su abuela hablaba de los vecinos, de los cambios en el tráfico de Edimburgo, preguntó sobre el curso de Iris y comentó que parecía muy desaliñada.

La joven intentó prestar atención, procuró comer algo más que un bocado, pero estaba tensa como un muelle a punto de saltar. Alex, a su lado en el sofá, en apariencia escuchaba atentamente todo lo que Kitty decía, pero al mismo tiempo le rozaba el muslo con la mano, sus nudillos acariciaban la fina tela de su vestido, su manga tocaba su brazo desnudo, su pie chocaba contra el de ella. Iris tuvo que salir de la sala, subir por la escalera para calmarse, respirar hondo en la soledad del baño. Pero cuando salió y apagó la luz y cruzó el rellano, una mano la agarró del vestido y la metió en la hornacina del reloj de péndulo. Se enzarzaron con violencia, con prisas, los brazos deslizándose y enroscándose en torno a los cuerpos, ansiosos de encontrar un abrazo que los satisficiera, que los acercara lo suficiente. Iris notaba la respiración jadeante de Alex en el oído, le mordió el hombro, y uno de los dos dijo: No podemos, tenemos que volver. Fue ella, piensa Iris. Alex lanzó un corto gruñido desesperado y la empujó contra la pared, tirando del vestido, y se oyó el ruido de las costuras al romperse, y con esto, Iris también oyó otra cosa: unos pasos de alguien que subía la escalera, cada vez más cerca. Apartó a Alex de un empujón justo cuando su abuela aparecía en el rellano. Kitty los vio, los miró a los dos, se llevó la mano a la boca y cerró los ojos. Por un momento ninguno se movió. Luego Kitty abrió los ojos y empezó a retorcerse las manos una y otra vez. Alex carraspeó como si fuera a hablar, pero no dijo nada. Y la abuela miró a Iris, la miró intensa y largamente, una mirada tan desconcertante, tan penetrante, que Iris tuvo que morderse el labio para no gritar, para no suplicar: Por favor, abuela, por favor, no lo cuentes.

Entonces Kitty dio media vuelta y empezó a bajar la escalera, dedicando especial cuidado a cada paso. Ambos jóvenes oyeron el chasquido de sus tacones por el recibidor, luego la puerta del salón al abrirse y cerrarse. Se quedaron en aquel rellano esperando el siguiente ruido, la exclamación, el grito, esperando que Sadie subiera como una exhalación. Esperaron mucho rato, separados, sin mirarse. Pero no ocurrió nada. Aguardaron durante largos días una llamada de teléfono, una visita, que Sadie dijera: Tengo que hablar con vosotros. Pero no pasó nada. Sin contárselo a nadie, Iris cambió sus asignaturas para incluir el ruso, una decisión que implicaba la inminente partida a Moscú por un año. Mientras estaba allí recibió la noticia de que Alex se había marchado a trabajar a Nueva York y estaba comprometido con una chica llamada Fran. De una u otra forma, Iris jamás volvió a tocar a Alex.

Ahora se queda mirando la caótica red de grietas en el techo, apretando los dientes. Se sube el edredón de un tirón, lo vuelve a apartar bruscamente. Mira ceñuda la pared de separación. Hijo de puta, quiere gritar, sal de mi casa. Es imposible que vuelva a dormirse.

Pero al final ha debido de lograrlo, porque aunque sólo le parece que han pasado unos segundos, algo que tiene que haber sido otro sueño se disuelve de pronto en torno a ella. Una secuencia de pánico a cámara lenta en la que ha perdido a su perro en una estación atestada de gente. Se agita sobre la almohada, gimiendo, buscando el camino de vuelta. Y entonces, más allá del horizonte del edredón ve una rebeca, tres botones.

Esme está junto a la cama con los brazos cruzados, mirándola. La habitación se ha inundado de una vívida luz amarilla. La joven alza la cabeza, se aparta el pelo de los ojos y por un momento no puede hablar. Mira la cómoda y le alivia ver que no hay nada en la superficie. La noche anterior colocó en su sitio los cuchillos.

—Esme —dice con voz rota—, ¿estás…?

Pero ella la interrumpe.

—¿Podemos ir a ver a Kitty hoy?

—Umm… —Iris intenta incorporarse. ¿Qué hora será? ¿Lleva puesto algo? Baja la vista. Al menos de cintura para arriba está vestida… con algo verde, en ese momento no tiene ni idea de qué es exactamente—. Claro —contesta, buscando a tientas el reloj debajo de la almohada—. Si… si quieres.

Esme asiente con la cabeza, da media vuelta y se marcha. Iris se deja caer de nuevo en la cama, se tapa hasta el cuello, cierra los ojos y el sol radiante de la mañana brilla rojo tras sus párpados. Es demasiado temprano para despertarse un domingo.

Cuando se levanta, encuentra a Alex y Esme en la cocina, ambos inclinados sobre un mapa de Estados Unidos. Él le está contando el viaje que hizo con Iris hace quince años.

—¿Te encuentras bien? —pregunta sin levantar la vista cuando ella se acerca al fregadero.

Iris asiente y pone al fuego la tetera antes de apoyarse contra la encimera. Alex está señalando un parque nacional famoso por sus cactus.

—Te has levantado temprano —comenta Iris.

—No podía dormir, ese sofá es incomodísimo, ¿sabes?

Alex se despereza. La camiseta se alza para dejar al descubierto el ombligo, la línea de vello que desaparece en la cintura de sus tejanos. Iris aparta la vista, mira a Esme preguntándose si no será demasiado para ella. Pero la mujer sigue inclinada sobre el mapa.

—Se parece curiosamente al *jet lag* —prosigue Alex—, aunque es evidente que no puede ser. No sé qué será. Un desfase de algún tipo. Desfase vital, o desfase de sofá.

Iris frunce el ceño. Es demasiado temprano para esa clase de conversación.

Todavía falta una hora para que empiecen las visitas en la residencia de Kitty, de manera que Iris se los lleva a Blackford Hill. Vuelve la cabeza mientras camina, fijándose en el gris cristalino del mar a lo lejos, en la ciudad que se extiende entre la montaña y la costa, en los ralos arbustos de aulaga; en Esme, que va con las manos muy abiertas, mientras su vestido aletea en la brisa como una cortina en una ventana; en Alex, que le tira palos al perro, algo alejado de ellas; en una cometa roja que zigzaguea al viento; en el aparcamiento: unos cuantos coches, una mujer con un cochecito de niño, un hombre que sale del vehículo. A Iris le parece atractivo, y enseguida algo en él le resulta familiar: el pelo, el gesto que hace al frotarse la nuca, la manera en que toma la mano de la mujer.

De pronto se frena en seco. Podría echar a correr. Él no la verá, no la verán, tal vez pueda correr hasta el coche, no tienen por qué encontrarse. Pero él se está girando para ro-

206

dear a su mujer con el brazo y en ese momento descubre a Iris. Ella aguarda inmóvil, convertida en estatua de sal. En cuanto él la reconoce, aparta el brazo de su mujer y vacila, no sabe si subir al coche y marcharse.

Pero la mujer también la ha visto, es demasiado tarde. Le dice algo, le pregunta algo. Dejan el coche con la puerta abierta, listo para recibirlos, y se acercan a ella. Es evidente que el hombre está acorralado, Iris lo advierte y siente el impulso de salir disparada, de escapar. Si echa a correr ahora no pasará nada. Pero Esme está a su lado, Alex un poco más allá. ¿Cómo va a dejarlos?

—Iris —saluda Luke.

Ella hace una mala imitación de alguien que reconoce a otra persona.

—Ah, hola.

Luke y su mujer se detienen ante ellos. Puede que él haya apartado el brazo de sus hombros, pero ella sigue agarrada a su mano. Una mujer sensata, piensa Iris. Se produce una pausa. Mira a Luke buscando una pista. ¿Cómo debe llevar la situación? ¿Por dónde tirar? Pero él se centra en otra persona. Iris advierte que Alex ha aparecido a su lado, con el palo del perro todavía en la mano.

—Hola, Luke —saluda, tirando el palo al aire para que el perro corra tras él—. Hace tiempo que no te veía. ¿Cómo estás?

Luke da una especie de respingo.

—Alexander. —Tose.

—Alex —lo corrige éste.

Luke consigue asentir con la cabeza.

—Me alegro de verte.

Alex hace un gesto curioso, con la cabeza hacia un lado, que de alguna forma logra transmitir el mensaje: Me acuerdo de ti y no me caes bien.

—Igualmente —contesta.

Luke cabecea. Iris se da cuenta de que ella también está moviendo la cabeza y ambos se saludan brevemente así, con un gesto. Luke no puede mirarla a los ojos, tiene la cara congestionada. Iris nunca lo había visto sonrojarse. Ella tampoco puede mirar a la mujer. Lo intenta, intenta desplazar la vista en esa dirección, pero cada vez que se acerca pasa algo raro y sus ojos se apartan, como si la esposa estuviera emitiendo algún campo de fuerza negativo demasiado potente para ella. El silencio crece, nublando el aire entre ellos. Iris procura idear algo que decir, alguna excusa para marcharse, cuando se da cuenta horrorizada de que Alex está hablando.

—Bueno, Luke —ha comenzado, en un peligroso tono coloquial—, ésta debe de ser tu mujer. ¿No nos vas a presentar?

Luke se vuelve hacia su esposa como si se hubiera olvidado de su presencia.

—Gina —le dice al suelo entre ellos—, ésta es… Iris. Es… Bueno, nos… —balbucea. Se produce una engorrosa pausa. Iris siente curiosidad por saber cómo terminará la frase. ¿Qué demonios puede decir? ¿Echamos un polvo cada vez que tenemos ocasión? ¿Nos conocimos en una boda cuando tú estabas en cama con la gripe? ¿Como no me daba su número averigüé dónde trabajaba y me planté allí todos los días hasta que accedió a salir conmigo? ¿Es la mujer por la que pienso dejarte?—. Tiene… tiene una tienda —concluye.

Alex emite un sonido ahogado; Iris sabe que está conteniendo la risa, y toma nota mental de hacérselo pagar más tarde, de hacérselo pagar muy caro.

Pero Gina sonríe y tiende la mano, y en su expresión no hay malicia alguna, ni celos. Mientras le estrecha la mano, Iris piensa: Podría arruinarte la vida.

—Encantada —masculla. Pero no puede mirarla, no puede enfrentarse a la imagen de la mujer a la que está traicionando, la mujer que comparte la casa con Luke, su cama, su vida. Le gustaría, pero no puede.

Pero sí la mira, se obliga a mirar, y ve que Gina es una persona menuda con el pelo claro sujeto con una cinta, que lleva unos prismáticos, y al fijarse en ellos descubre también otra cosa: Gina está embarazada. Inequívocamente embarazada. Su cuerpo se hincha bajo el jersey de lana negra.

Se queda mirándola lo suficiente para asimilarlo. Contempla la urdimbre del jersey, observa el cierre plateado en la funda de los prismáticos, ve que la mujer de Luke se ha hecho recientemente la manicura y lleva las uñas pintadas al estilo francés.

Iris tiene la sensación de hundirse, el pulso le late en las sienes, y se muere por marcharse, por estar en cualquier otra parte, pero Gina le está diciendo algo a Luke e intercambian unas frases sobre el frío que hace y se plantean si subirán andando a la cima de la montaña, y en medio de todo esto, de pronto Esme se vuelve hacia Iris. Frunce el ceño y le agarra la muñeca.

—Tenemos que marcharnos —les anuncia—. Adiós. —Y tira de Iris hacia el sendero, clavando en Luke una mirada torva.

Cuando el coche se detiene junto a la residencia, Iris advierte que las manos no han dejado de temblarle, que todavía le palpita el corazón. Abre y cierra la guantera mientras Alex baja para ayudar a Esme a salir. Mueve el espejo y se echa un rápido vistazo, concluye que se la ve trastornada, se aparta el pelo de la cara y por fin abre la puerta.

Mientras cruzan el aparcamiento y luego las puertas de cristal, evita mirar a Alex a los ojos. Él camina junto a ellas, con las manos en los bolsillos. Iris enlaza su brazo al de Esme y se acercan al mostrador, donde firma para entrar.

—¿Quieres venir? —le pregunta al hombro de Alex—. ¿O nos esperas aquí? A mí no me importa, tú decides.

—Os acompaño.

En la puerta de la habitación de Kitty, Iris comenta:

—Es aquí.

Esme se detiene, mira a la izquierda, al punto donde la pared del pasillo se une al techo. Es el gesto de alguien que acaba de ver pasar un pájaro o ha sentido una súbita ráfaga de viento. Por fin baja la vista, cierra las manos una sobre otra y las deja colgando.

—¿Aquí? —pregunta.

La habitación es luminosa, el sol entra a raudales por el ventanal. Kitty se encuentra en una butaca de espaldas al paisaje, vestida con un traje chaqueta de tweed marrón, relucientes zapatos de cuero. Tiene todo el aspecto de estar a punto de emprender un paseo por el campo. Iris advierte que la peluquera la ha visitado recientemente, porque tiene el pelo cepillado hacia atrás en ondas blanquiazules.

—Abuela, soy yo, Iris.

Kitty la mira.

—Sólo por las tardes —contesta—, muy rara vez durante el día.

Iris se queda desconcertada, pero enseguida se recupera.

—Soy tu nieta Iris, y…

—Sí, sí —le espeta Kitty—, pero ¿qué quieres?

La joven se sienta en un taburete junto a ella. De pronto se ha puesto nerviosa.

—Han venido a verte. Bueno, es una persona. Ese otro es Alex, no sé si te acordarás de él, pero… —Respira hondo—. Ésta es Esme.

Iris se vuelve hacia la anciana, que se ha quedado junto a la puerta, inmóvil, con la cabeza ladeada.

—¿Qué te has hecho en el pelo? —chilla Kitty. Iris da un respingo. Se vuelve y ve que la pregunta es para ella.

—Nada —contesta confundida—. Me lo he cortado… Abuela, ésta es Esme, tu hermana Esme. ¿Te acuerdas de tu hermana? Ha venido a verte.

Kitty no alza la cabeza. Está empeñada en mirarse la cadena del reloj y toquetearla. A Iris se le ocurre que a veces su abuela entiende más cosas de las que demuestra. Algo se agita en la habitación y Kitty sigue jugueteando con la cadena del reloj, los eslabones de oro entre los dedos. Alguien está tocando un piano y una vocecilla se alza por encima de la melodía.

—Hola, Kitty —saluda Esme.

La mujer alza la cabeza bruscamente y empieza a hablar a borbotones, sin pausa ni reflexión, como si tuviera el discurso ensayado:

—¿… sentarte con las piernas así, encima del brazo del sillón? Y además, ¿qué estabas leyendo? ¿Y qué tenía que hacer yo? Todas mis posibilidades destrozadas. Estás igual, igual. No fui yo, ¿sabes? No fui yo. Yo no me lo llevé. ¿Para qué iba yo a quererlo? Menuda ridiculez. De todas formas era lo mejor. Eso tendrás que admitirlo. Padre también pensaba que era lo mejor, y el médico. No sé a qué has venido. No sé qué haces aquí, mirándome así. Era mío, fue siempre mío. Pregúntale a cualquiera. —Kitty deja la cadena del reloj—. Yo no me lo llevé —insiste—. No fui yo.

—¿Llevarte el qué? —pregunta Iris solícita, inclinándose hacia ella.

Esme, al otro lado de la habitación, se suelta las manos y pone los brazos en jarras.

—Pero yo sé que te lo llevaste.

Kitty baja la vista, tironeándose de la falda como si tuviera algo pegado. Iris mira a ambas, luego a Alex, de pie junto a Esme. Él se encoge de hombros con una mueca.

Esme se adentra en la habitación, toca la cama, la colcha de retales, mira por la ventana el jardín, los tejados de la ciudad. Luego se acerca a la butaca de su hermana. Examina un momento a la abuela, le toca el pelo como para atusárselo. Acerca la mano a las ondas blanquiazules en la sien y la deja ahí, en un gesto extraño que dura sólo un momento. Luego aparta la mano y dice a nadie en particular:

—Me gustaría quedarme a solas con mi hermana, por favor.

Iris y Alex se alejan deprisa por el pasillo. En algún momento uno coge la mano del otro, ella no sabe a ciencia cierta quién de los dos. Pero van de la mano, con los dedos entrelazados, y así doblan todas las esquinas hasta salir al sol, hasta llegar al coche, y ahí se detienen.

—Joder —exclama Alex, exhalando como si hubiera estado conteniendo el aliento—. ¿De qué iba todo eso? ¿Tú lo sabes?

Iris ladea la cabeza para mirarlo. Él tiene el sol a la espalda y no es más que una silueta negra, borrosa y difuminada contra la luz. Ella aparta la mano y se apoya en el coche, presionando las palmas contra el metal caliente.

—No lo sé, pero creo...

—¿Qué crees? —pregunta Alex, apoyándose junto a ella.

Iris se aparta del vehículo. Le duelen los brazos como si llevara mucho tiempo sin moverlos. Intenta ordenar sus pensamientos. Kitty y Esme. Esme y Kitty. Todas las posibilidades arruinadas. No quería soltar al niño. Siempre fue mío. Pero yo sé que te lo llevaste.

—No sé qué creo.

—¿Cómo?

Iris no contesta. Abre el coche y se sienta al volante. Al cabo de un momento, Alex se sienta a su lado. Un hombre corta el césped en líneas rectas, un residente anciano camina por un sendero. Iris está pensando en Esme y Kitty, pero es también consciente de que necesita decirle algo a Alex.

—No lo sabía —comenta como distraída—. No sabía que la mujer estaba embarazada. Yo nunca habría…

Alex la mira con la cabeza hacia atrás, apoyada en el asiento.

—Cariño, ya lo sé.

Están juntos en el coche. Alex le coge la mano izquierda, Iris lo permite, deja la mano ahí, en el regazo de sus tejanos. Él le endereza cada dedo, uno por uno, luego permite que se flexionen de nuevo.

—¿Nunca te preguntas qué estamos haciendo? —musita.

Iris lo mira. Todavía oye en su mente una y otra vez aquellas palabras: No me lo llevé. Pero yo sé que te lo llevaste.

—¿Cómo dices?

—Digo —comienza Alex de nuevo, en voz tan baja que Iris tiene que inclinarse para oírlo— que si nunca te preguntas qué estamos haciendo. Tú y yo.

Ella se tensa, se mueve en el asiento, toca el volante. El anciano ha llegado a la sombra de un árbol y está mirando algo entre las ramas. Un pájaro tal vez. Iris tira un poco de la mano, pero Alex se la sujeta con firmeza.

—Tú has sido siempre la única, y lo sabes.

Iris aparta por fin la mano de un tirón y abre la puerta del coche con tal ímpetu que las bisagras chirrían. Se apea de un brinco y se queda de espaldas tapándose los oídos con las manos.

Oye que la otra puerta se abre, los pasos de Alex en la grava. Se vuelve. Él está apoyado contra el coche y con una mano saca un cigarrillo del paquete.

—¿De qué tienes tanto miedo? —Y sonríe mientras enciende el mechero.

· · ·

Esme sostiene el cojín con las dos manos. La funda, muy tensa sobre el relleno de espuma, es de tela adamascada de un burdeos oscuro, adornada con ribetes dorados. Le da la vuelta dos veces, avanza dos pasos en la habitación de su hermana y lo coloca de nuevo en el sofá. Lo hace con sumo cuidado, apoyándolo sobre otro cojín igual, asegurándose de ponerlo exactamente como estaba.

Dos mujeres en una sala; una sentada, la otra de pie.

Esme aguarda un momento, mirando por la ventana. Los árboles sacuden sus copas. El sol asoma tras una nube y las sombras se despliegan: en el árbol; el reloj de sol; las rocas en torno a la fuente; la niña, Iris, junto al coche con el chico. Están discutiendo otra vez y ella está enfadada, gesticula y se vuelve a un lado y otro. Su sombra gira y gira con ella.

Esme se aparta de la ventana, sin perder de vista a los chicos, evitando a su hermana. Si va con mucho cuidado, no tendrá que pensar en esto todavía. Si mantiene así la cabeza, casi puede imaginarse que está sola en la habitación, que no ha pasado nada. Es un alivio que haya cesado el ruido, que todo esté en silencio. Esme se alegra. Una sentada, otra de pie. Siente las manos vacías ahora que ha soltado el cojín, de manera que las presiona una contra la otra. Se sienta. Sigue con las manos juntas, apretándolas con fuerza. Las mira fijamente. Los nudillos se vuelven blancos, las uñas rosa, los tendones se marcan bajo la piel. Sigue sin mirar a su hermana.

Detrás de ella, junto a la cama, un cordón rojo cuelga del techo. Esme lo vio al entrar en la habitación y sabe lo que es. Sabe que si tira sonará un timbre en alguna parte. Dentro de un momento se levantará, cruzará la habitación, recorrerá la alfombra con la vista apartada para no tener que ver nada, porque no quiere verlo de nuevo, no quiere que se le quede grabado en la mente más de lo que ya está, más de lo que estará, y tirará del cordel rojo. Tirará con fuerza. Pero por ahora seguirá allí sentada, se tomará unos minutos. Quiere estar ahí hasta que vuelva a esconderse el sol, hasta que el reloj de sol ya no marque nada, hasta que el jardín se desdibuje en la penumbra.

—¡No tengo miedo! —grita Iris—. ¡Y mucho menos de ti, si te refieres a eso!

Él da una larga calada y parece pensativo.

—Yo no he dicho eso. —Se encoge de hombros—. Lo que pasa es que estoy empeñado en inmiscuirme en tu vida, sobre todo porque tu vida me concierne también a mí.

Iris mira alrededor, desesperada. Piensa en echar a correr, en meterse de un brinco en el coche y salir disparada, contempla la grava junto a sus pies y considera tirarle un puñado a Alex.

—Cállate —dice temblando—. Cállate. Eso fue... fue hace mucho tiempo. Éramos unos niños y...

—No éramos tan niños.

—Sí que lo éramos.

—No. Pero no voy a discutir eso. Porque ahora no lo somos, ¿no? —Y sonríe mientras exhala una nube de humo—. Lo importante es que tú sabes que es verdad. Tú has sido la única, y sabes que yo he sido el único para ti.

Iris se queda mirándolo. No sabe qué contestar, es imposible contestar. Tiene la mente en blanco, vacía, sin opciones. De pronto oye a sus espaldas un revuelo de pasos sobre la grava y se vuelve, sobresaltada. Dos enfermeros con uniforme blanco corren hacia la residencia, uno con un busca en la mano. Iris mira el edificio. Se produce un rápido movimiento detrás de una ventana, que se desvanece cuando ella mira.

—El caso es que yo creo... —prosigue Alex, detrás de ella.

—Calla —lo apremia la joven, sin dejar de mirar el edificio—. Esme…

—¿Qué?

—Esme —repite ella, señalando la residencia.

—¿Qué pasa con Esme?

—Debo…

—¿Qué?

—Debo… —comienza ella de nuevo, y de pronto algo que le rondaba la cabeza sin llegar a concretarse se desliza a primer plano, como un barco que soltara amarras para flotar en libertad. Siempre fue mío. No quería soltarlo. Y tienes una foto de tu padre. Iris se lleva la mano a la boca—. ¡Dios! ¡Dios mío!

Echa a andar hacia el edificio, primero despacio, luego deprisa. Alex la sigue de cerca, llamándola, pero ella no se detiene. Cuando llega a la puerta, la abre de golpe y echa a correr por el pasillo, doblando las esquinas tan deprisa que su hombro choca contra la pared. Es preciso que llegue primero, alcanzar a Esme antes que nadie, tiene que decirle, tiene que decirle, por favor. Por favor, dime que no lo hiciste.

Pero al llegar a la habitación de Kitty se encuentra el pasillo lleno de gente, residentes en bata y zapatillas, personas de uniforme que salen por la puerta, rostros que se vuelven a mirarla, pálidos como huellas digitales.

—Déjenme pasar. —Iris empuja a esas personas, esos rostros—. Por favor.

En la habitación hay más gente, más miembros y cuerpos y voces. Muchas voces, llamando, gritando. Alguien está pidiendo a todos que se aparten, que por favor vuelvan inmediatamente a sus habitaciones. Otro grita por teléfono algo que Iris no entiende. Un movimiento frenético de dos personas que se inclinan sobre alguien o algo en una butaca. Iris vislumbra un par de zapatos, unas piernas. Zapatos de buena calidad, medias gruesas de lana. Aparta la cabeza con los ojos cerrados y cuando vuelve a abrirlos ve a Esme. Está sentada junto a la ventana, con las manos entrelazadas sobre las rodillas, mirándola directamente.

Se sienta junto a ella. Quiere cogerle la mano pero primero ha de conseguir que suelte la otra, y está helada. No sabe qué decir. Alex ha llegado junto a ella, siente la ligera presión de su mano en el hombro y oye su voz. Le está diciendo a alguien que no, no pueden hablar un momento con ella, y si serían tan amables de apartarse. Iris siente el impulso de tocarlo, sólo un instante, de sentir aquella conocida intensidad suya, de comprobar que es él realmente, que de verdad está allí. Pero no puede soltar a Esme.

—El sol no se escondió —dice la anciana.

—¿Cómo? —Iris tiene que inclinarse para oírla.

—El sol. No volvió a ocultarse, así que tiré de todas formas.

—Ya. —Le coge la mano con las dos suyas—. Esme —susurra—, escucha…

Pero la gente de uniforme se cierne sobre ellas, mascullando, exclamando, envolviéndolas en una enorme nube blanca. Iris no ve nada más que batas blancas almidonadas que le presionan los hombros, el pelo, le impiden hablar. Se están llevando a Esme, la levantan del sofá, intentan sacar su mano de las de Iris. Pero ella no la suelta, se aferra con más fuerza. La acompañará, la seguirá entre el blanco, a través de la multitud, fuera de la sala, por el pasillo y más allá.

Agradecimientos

Mi gratitud para:

William Sutcliffe, Victoria Hobbs, Mary-Anne Harring-
ton, Ruth Metzstein, Caroline Goldblatt, Catherine Towle,
Alma Neradin, Daisy Donovan, Susan O'Farrell, Catherine
O'Farrell, Bridget O'Farrell, Fen Bommer y Margaret Bol-
ton Ridyard.

Algunos libros fueron de incalculable ayuda mientras escri-
bía esta novela, en concreto: *The Female Malady: Women,
Madness and English Culture, 1830-1980*, de Elaine Sho-
walter (Virago, Londres, 1985) y *Sanity, Madness and the
Family*, de R. D. Laing, Penguin, Londres, 1964 [hay ed.
española: *Cordura, locura y familia*, tr. de Matilde Rodríguez
Cabo, FCE, Madrid, 1978].